KB065735

강남 코디의
중고등학생 공부법

STUDY

강남 코디의
중고등학생 공부법

학부모가 꼭 알아야 할 1%만의 공부 전략

COORDINATOR

김상섭 · 김지영 지음

북루덴스

아이들은 힘들고 어려운 공부를 통해 머릿속으로는 지식의 체계를 잡고, 해야 하는 것은 반드시 해 내는 책임감을 익히고, 어려운 순간을 견디는 인내력을 키우게 된다.

우리 아이들이 넘사벽 수준의 공부에 좌절하면서도 피하지 않고, 자기주도 학습을 통해 어려움을 해결해 나가는 능력을 키우면서 성취감을 느끼게 하는 것이 바로 공부의 목적이다.

매 시대마다 어려움은 항상 존재했다. 공부를 하면서 어려운 문제에서 도망치지 않는 어른이 되는 길을 발견하게 된다.

차례

필자에게는 형제처럼 가깝게 지내는 오래된 지인 부부가 있는데, 그 부부에게는 눈에 넣어도 아프지 않을 만큼 사랑스러운 딸이 있습니다. 어린 시절에 종달새처럼 재잘거리던 아이의 모습은 누가 보더라도 참 예뻤지요. 하지만 이 아이는 중학생이 될 무렵부터 부모의 큰 근심거리가 되었습니다. 특별히 폭력적이지도 않고 반사회적이지도 않았고 나쁜 친구들과 어울리지도 않았습니다.

이 아이의 가장 큰 문제는 사고(思考)가 너무나 왜곡되어 있다는 점이었습니다. 학교에서 시험을 칠 때는 전혀 일반적이지 않은 자신의 생각대로 문제를 해석했기 때문에 성적은 하위권을 맴돌 수밖에 없었습니다. 더 큰 문제는 하위권의 성적으로 인해 자존감이 떨어지고 타인과의 접촉을 꺼리게 되어, 소통이라는 중요한 능력을 잃어버린 점이었습니다.

아이는 고등학교까지는 어찌어찌해서 졸업하였지만 그 후로 다른 아이들처럼 예쁘게 차려입고 친구들과 만나 재미있게 수다를 떠는, 그 나이 또래의 아이가 누리는 생활을 전혀 할 수 없는 지경이 되었습니다. 부모조차 아이와는 말이 통하지 않아 답답하다고 했습니다. 지인 부부는 아이를 키우는 동안 행복하기는커녕 끝도 없고 막막하기만 한 블랙홀을 두 눈 시퍼렇게 뜨고 헤매는 경험을 하고 있다고 하더군요.

저는 지인 부부의 안타까운 모습을 지켜보며 '도대체 어디서부터 아이가 이렇게 되었을까'를 오랫동안 고민했습니다. 또한 누구도 아직 겪어 보지 못한, 미지의 세계를 살아가야 할 우리 아이들이 어떻게 무엇을 준비하면 세상을 살아갈 힘과 능력을 갖출 수 있을까를 모색해 보기 시작했습니다. 저는 고전문학은 물론 심리학, 정신의학, 교육과 관련한 다양한 자료를 찾고 토론하고 리뷰해 보았는데, 그 결과 우리 아이들에게 가장 필요한 일은 아이러니하게도 '공부를 해야 한다'는 결론을 내릴 수 있었습니다. 그렇지만 공부를 해야 하는 이유가 '1등이 되기 위해서'는 절대 아닙니다.

왜 공부가 중요할까요?

아이들이 학교에서 배우고 습득하게 되는 지식이나 사고력 등은 물론, 그 과정에서 필연적으로 얻게 되는 인내심과 책임감은 성인으로서의 삶에 필요한 가장 직접적이고 기본적인 자질이 됩니다. 우리 아이들은 이런 기본 자질을 가져야만 '인간다운 삶'을 살아갈 수 있습니다. 그러기 위해서는 반드시 공부를 해야 합니다.

'피타고라스의 정리'나 '보일의 법칙'과 같은 지식이 운전을 하거나 음식을 만드는 일상생활에 무슨 도움이 되겠습니까? 그러나 개념을 배우고 이해하고 적용하기 위해 노력하는 과정에서 얻게 되는 인내심과 지적 사고력은 일의 순서를 정하거나 타인의 감정을 유추하여 소통할 수 있게 하여 일상을 자연스럽게 영위할 수 있게 해 줍니다.

공부는 반드시 해야만 하며 기왕이면 잘하면 더 좋습니다. 그렇게 된다면 사고력과 책임감도 더 많이 키울 수 있을 테니까요.

공부법은 아이마다 다릅니다.

언제부터인가 카페에 엄마들이 모이면 열에 여덟아홉은 아이들 교육 이야기를 나눕니다. 학교 담임 선생님의 성향이나 이번 시험의 난이도에 대해 얘기하기도 하고, 1등 하는 아이는 어떻게 공부했다더라 하는 얘기도 나옵니다. 그렇지만 이런 얘기들이 내 아이에게 얼마나 도움이 될까요? 아니, 도움이 될 수나 있긴 한 걸까요?

요즘 아이들의 교육환경은 부모님 세대와는 많이 다릅니다. 성공한 사람들의 공부법을 따라 하기만 하면 내 아이도 그들처럼 성공할 수 있을 것처럼 느껴지지만, 그것은 같은 내용을 암기하여 같은 대답을 내놓으면 되던 부모님 세대에나 가능한 일입니다. 초·중·고 학습의 결승점이라고도 할 수 있는 수능을 분석해 보면 요즘 교육의 핵심은 창의적 문제해결 능력을 요구하고 있다는 사실을 알 수 있습니다. 이러한 교육의 방향을 고려해 본다면 시중에 나와 있는 대부분의 따라 하기식 공부법은 별 의미를 가지지 못합니다.

아이가 백 명이 있으면 공부 방법도 백 가지가 필요합니다. 아이마다 부모가 다르고 생활하는 환경이 다르고 생각이 다르고 스타일이 다릅니다. 또 어릴 때부터 겪어 왔던 선생님이 다르고 좋아하는 것도 재능과 취향도 능력도 모두 다릅니다. 이런 아이들을 같은 틀에 넣고 동일한 방법으로 공부를 시키면서 다른 아이들보다 더 높은 성과를 내라고 하는 것은 얼마나 말이 안 되는 소리입니까?

특히, 중학교 2학년부터 공부가 급격히 어려워지기 시작하면 아이들은 하나둘 공부에 손을 놓고 딴짓을 하게 됩니다. 쉬운 길과 어려운 길을 선택할 수 있다면 사람은 본능적으로 쉬운 길을 걷게 됩니다. 이것이 중2병의 시작입니다.

부모가 직접하는 공부 코디

모든 아이들에게 자신의 개성과 특기를 살려 공부할 수 있도록 도와주는 멘토가 있으면 좋겠지만, 현실적으로 그 역할은 대부분 부모님에게 맡겨집니다. 특히 엄마들에게 그렇지요. 엄마들은 직장을 다니면서 혹은 살림을 하면서 동시에 아이에게 필요한 공부 코디가 되어야 하는 현실입니다. 어떤 학원을 보내고, 어떤 인터넷 강의를 듣게 하고, 어떤 문제집을 풀게 해야 할지를 알아야 합니다. 그런데 이게 너무 어렵다는 게 문제입니다. 엄마들은 요즘 교과가 어떻게 구성되어 있는지, 학습별 목표가 무엇인지, 우리 아이의 장단점에 맞는 학습법이 무엇인지를 잘 모르고 있습니다. 아이의 공부 환경이나 구체적인 어려움에 대해 잘 모르는 엄마, 그리고 직접 공부해야 하고 그에 대한 결과에 책임을 져야 하는 아이, 그 둘 사이에는 필연적으로 건널 수 없는 불통의 강이 흐르는지도 모릅니다.

아이들에게 공부란 성실, 소통, 인내, 사고력, 배려 등의 사회적 가치를 기를 수 있는 유용한 수단이 됩니다. 이 책은 우리 아이가 성적으로 1등을 할 수 있도록 도와주는 공부법 책은 아닙니다. 오히려 아이가 학교생활을 하는 동안 왜 공부를 해야 하며, 자신에게 맞는 공부법을 어떻게 만들어갈 수 있는지를 구체적으로 알려 줄 것입니다.

저는 이 책을 쓰면서 시중의 전문가들과는 다른 현실적인 조언을 드리고자 노력했습니다. 부모님의 진정한 소망은 우리 아이가 전교 1등하는 것이 아니라, 사회에 나아갔을 때 타인과 원활하게 소통하며 자신의 몫을 다할 수 있는 '인간다운 삶'입니다. 이 책은 아이들의 가장 가까운 멘토인 부모님을 도와 꽃보다 귀한 우리 아이들이 공부에 대한 스트레스를 줄이고 자신의 인생을 직접 계획하고 그 방법을 실행할 수 있도록 도와드릴 것입니다.

1장

공부를 다시 생각하다

공부는 왜 해야 할까?

공부란 지식의 체계를 쌓아가는 과정이다.
힘들고 재미없는 공부를 하는 동안 책임감과 인내심을 갖게 되고
어려운 문제에서 도망치지 않는 어른이 되는 길을 발견하게 된다.

아이가 처음으로 초등학교에 입학한 순간은 부모 입장에선 너무나 감동적인 모습이다. 아이가 부모의 보호를 떠나 스스로 대인관계를 형성하고 객관화된 사회에 적응을 시작하는 때이기 때문이다. 어떤 부모는 아이의 초등학교 입학식 때 그 모습이 대견해서 눈물을 흘리기까지 한다. 그런데 이런 감동은 시간이 지날수록 점점 흐릿해져간다.

바로 성적 때문이다.

초등학교 저학년 때는 아이가 학교에서 배워 온 동요를 부르거나 춤을 추는 모습을 보면 마냥 행복하기만 하다. 그러나 학년이 점점 올라가면서 고학년이 되면 성적에 대한 압박을 받게 된다. 마냥 웃

음 짓던 아이의 얼굴에는 짜증이 묻어나고 엄마의 마음에는 불안감이 생기기 시작한다. 다른 집 아이들은 공부를 알아서 잘하는 것 같고, 다른 집 엄마들은 아이 공부에 대해 나름의 비법을 세워 놓은 자신 있는 모습을 보이기도 한다. 엄마들 모임에서는 항상 아이들 공부가 화제가 되고, 공부 잘하는 아이의 엄마는 참 당당하게 보인다. 공부 잘하는 아이 엄마의 말에는 뭔가 믿음이 가고, 1등 하는 아이가 하는 방법대로만 하면 내 아이도 공부 잘하는 아이가 될 것처럼 느껴진다. 그런데 우리가 근본적으로 잊고 있는 것이 있다.

왜 공부를 해야 할까?

학교에서는 마냥 춤과 노래만 가르쳐 주고 친구들과 재잘거리며 놀기만 하면 참 좋겠는데, 왜 삶에 별 도움이 될 것 같지도 않은 미적분을 배워야 하고 마찰계수를 계산해야 하고 관동별곡을 이해해야 하는 것일까?

이 질문은 부모님이 학생이었을 때도 마땅한 대답을 내놓지 못했을 것이다. 그저 좋은 대학에 가기 위해서, 좋은 직장을 갖기 위해서 정도의 대답 외에는 뭐가 있을까? '학생의 마땅한 도리인 공부를 열심히 하여 자아를 성취하고 긍정적인 삶의 태도를 견지하기 위해서'라는 대답은 그 말을 하는 자신도 믿지 않는 말일 것이다.

하지만 이 질문에는 반드시 대답해야 한다. 필요성도 못 느끼는 그 어려운 공부를 초등학교부터 대학교까지 무려 16년간이나 무작정해야 한다는 것은 목적지를 정하지 못한 채 망망대해를 떠도는 난민의 처지와 다를 바 없다.

도대체 우리 아이들은 왜 공부를 해야 할까?

공부가 재미있다는 사람은 드물다. 공부가 세상에서 제일 쉬웠다는 사람은 공부 이외에는 해 본 것이 거의 없는 사람이다. 그만큼 공부란 어렵고 재미도 없는 험난한 과정이다. 그럼에도 불구하고 이 과정을 잘 겪은 사람은 사회적으로나 경제적으로 성공할 확률이 높다. 하지만 이것만으로는 공부를 해야 하는 이유라고 하기에는 뭔가 부족하지 않을까?

공부란 지식의 체계를 쌓아가는 과정이다.

예를 들어, 미적분은 일상생활에 직접적인 도움이 되진 않지만 그것을 공부하는 동안 머릿속에는 체계적인 논리가 자리 잡게 된다. 이렇게 자리 잡은 논리는 일의 순서를 정하거나 글을 쓰거나 상대방의 입장을 이해하거나 등등 일상생활의 많은 부분에 영향을 미치게 된다. 대부분의 부모님들이 진정으로 원하는 것은 아이가 학교에서 1등 하는 것이 아니다. 아이가 사회에 나아갔을 때 자신의 몫을 다하고 인간다운 삶을 영위할 수 있게 되기를 원한다. 그렇게 되려면 반드시 공부를 해야만 한다.

힘들고 어려운 공부를 수행하는 과정을 통해 머릿속으로는 지식의 체계를 잡고, 해야 하는 일은 반드시 해 내는 책임감을 익히고, 어려운 순간을 견디어 내는 인내력을 키우게 된다. 우리 아이들이 넘사벽 수준의 공부에 좌절하면서도 피하지 않고 자기주도 학습을 통해 어려움을 해결해 나가는 능력을 키우면서 성취감을 느끼게 하는 것이 바로 공부의 목적이다. 매 시대마다 어려움은 항상 존재했다. 공부를 하면서 어려운 문제에서 도망치지 않는 어른이 되는 길을 발견하게 된다. 이런 공부 자세가 버릇처럼 된다면 우리 아이는 SKY에 진학하지 않더라도 부모의 바람처럼 분명히 자신의 몫을 다하는 인간다운 삶을 살 수 있게 될 것이라 확신한다.

부모는 알지 못하는
아이들의 공부

／

과거 부모 세대는 산업사회가 필요로 하는 지식을 습득하는 공부를 했으나,
요즘 아이들은 지식사회가 필요로 하는 창의적인 문제해결 능력을 기르는
공부를 하고 있다. 교과 과정도 이러한 점을 반영하여 변화하였다.

아이들의 교과서를 본 적이 있는가? 학교 수업을 참관한 적은 있는
가? 내신 시험 문제지를 본적이 있는가? 요즘 아이들이 공부하는
내용은 부모들이 공부하던 때와는 많이 다르다. 과목도 단순히 국
어, 영어, 수학 등으로 구분되는 것이 아니다. 국어는 문학과 비문학
으로, 영어는 회화와 문법으로, 수학은 단순 계산이 아닌 개념을 이
해해야 하는 식으로 바뀌었는데, 이는 사회 환경 변화에 따른 당연
한 변화라 할 수 있다.

과거 산업사회를 살았던 부모 세대에는 누가 더 많이 알고 있으며
누가 더 빨리 정답을 내놓을 수 있는가가 중요했다. 그래서 많은 지

교과	과목	공통 필수		과정별 선택		
		일반계	실업계, 기타계	인문·사회	자연	실업계, 기타계 및 일반계 직업과정
국민윤리	국민윤리	6단위				
국어	국어	10단위				
	문학		4단위	8단위		
	작문			6단위	4단위	4단위
	화법			4단위		
국사	국사	6단위	4단위			
사회	정치·경제	6단위	4단위			
	한국지리	4단위				
	세계사			4단위		
	사회·문화			4단위		4단위
	세계지리			4단위		
수학	일반 수학	8단위				
	수학 I			10단위		6단위
	수학 II				18단위	
과학	과학 I	10단위	8단위 (택1)			
	과학 II			8단위		4단위
	물리				8단위	
	화학				8단위	
	생물				6단위 (택1)	
	지구과학					
체육	체육	6단위		8단위		4단위
교련	교련	12단위				
음악	음악	4단위	4단위 (택1)			2단위 (택1)
미술	미술	4단위				
한문	한문			8단위		4단위
외국어	영어 I	8단위				
	영어 II			12단위		8단위
	독일어					
	프랑스어					
	에스파냐어			10단위 (택1)		6단위
	중국어					
	일본어					
실업·가정	기술			8단위 (택1)		4단위 (택1)
	가정					
	농업					
	공업					
	상업			8단위 (택1)		
	수산업					
	가사					
	정보산업					
교양 선택				2단위		
특별 활동		12단위				

1990~1995년 입학생까지 적용되었던 고등학교 5차 교육과정 교과목(위키피디아)

기초과목군		
국어과	일반 선택	화법과 작문, 독서, 언어와 매체, 문학
	진로 선택	실용 국어, 심화 국어, 고전 읽기
수학과	일반 선택	수학Ⅰ, 수학Ⅱ, 미적분, 확률과 통계
	진로 선택	실용 수학, 기하, 경제 수학, 수학과제 탐구
영어과	일반 선택	영어Ⅰ, 영어Ⅱ, 영어 회화, 영어 독해와 작문
	진로 선택	실용 영어, 영어권 문화, 진로 영어, 영미 문학 읽기
탐구과목군		
사회과 (역사/도덕 포함)	일반 선택	한국지리, 세계지리, 세계사, 동아시아사, 경제, 정치와 법, 사회·문화, 생활과 윤리, 윤리와 사상
	진로 선택	여행지리, 사회문제 탐구, 고전과 윤리
과학과	일반 선택	물리학Ⅰ, 화학Ⅰ, 생명과학Ⅰ, 지구과학Ⅰ
	진로 선택	물리학Ⅱ, 화학Ⅱ, 생명과학Ⅱ, 지구과학Ⅱ, 과학사, 생활과 과학, 융합과학
체육·예술과목군		
체육과	일반 선택	체육, 운동과 건강
	진로 선택	스포츠 생활, 체육 탐구
예술과	일반 선택	음악, 미술, 연극
	진로 선택	음악 연주, 음악 감상과 비평, 미술 창작, 미술 감상과 비평
생활·교양과목군		
기술·가정과	일반 선택	기술·가정, 정보
	진로 선택	농업 생명 과학, 공학 일반, 창의 경영, 해양 문화와 기술, 가정과학, 지식 재산 일반
제2외국어과	일반 선택	독일어Ⅰ, 프랑스어Ⅰ, 스페인어Ⅰ, 중국어Ⅰ, 일본어Ⅰ, 러시아어Ⅰ, 아랍어Ⅰ, 베트남어Ⅰ
	진로 선택	독일어Ⅱ, 프랑스어Ⅱ, 스페인어Ⅱ, 중국어Ⅱ, 일본어Ⅱ, 러시아어Ⅱ, 아랍어Ⅱ, 베트남어Ⅱ
한문과	일반 선택	한문Ⅰ
	진로 선택	한문Ⅱ
교양과	일반 선택	철학, 논리학, 심리학, 교육학, 종교학, 진로와 직업, 보건, 환경, 실용 경제, 논술

2018년 입학생부터 적용되는 고등학교 2015 개정 교육과정 교과목(위키피디아)

식을 머릿속에 넣어야 했고 그러기 위해서는 암기가 가장 유용했다. 때문에 대입 시험도 수험생이 얼마나 많이 알고 있는지를 확인하는 학력고사를 치렀다.

그러나 앞으로 우리 아이들이 살아갈 사회는 지식사회이다. 누가 더 많이 알고 있는지는 그다지 중요하지 않다. 필요한 정보나 지식은 인터넷에서 얼마든지 찾아볼 수 있다. 이제는 얼마나 많이 알고 있 느냐보다는 그 지식의 내용과 관계를 얼마나 잘 파악하고 창조적으로 활용할 수 있는 능력이 있는지가 더 중요하게 되었다. 그래서 대입 시험도 수험생이 얼마나 창의적인지, 얼마나 문제를 잘 이해하고 합당한 해결책을 제시하는지를 확인하는 수학능력시험으로 변화하였다.

수능시험에는 학교에서 배운 교과서의 지문이 거의 나오질 않는다. 게다가 내용도 길고 어렵기까지 하다. 처음 보는 지문을 보고도 그 내용을 이해하고 핵심을 정확하게 파악해야만 그 문제를 풀 수 있다.

부모들의 세대에는 1등이나 30등이나, 요즘에 비해 격차가 별로 크지 않았다. 대충 공부하는 아이들도 국어 지문을 읽으면 다 이해할 수 있는 수준은 되었다. 암기 위주의 공부였기 때문에 막판에 족집게 과외를 받거나 벼락치기로 공부하면 좋은 성적을 받을 수도 있었다. 그렇기 때문에 사회에 나와서도 별 무리 없이 생활을 할 수 있었고, 학창 시절에 꼴찌하던 아이가 사회에 나와서 큰 성공을 거두는 일도 종종 있었다. 속담처럼 개천에서 용이 나올 수도 있었다.

하지만 지금은 그런 일이 거의 일어날 수 없다. 수업 시간에 엎드려 자는 아이들은 선생님의 말귀 자체를 못 알아듣는다. 그러니 사회에 나와서도 상대방의 말귀를 잘못 알아듣게 되고 당연히 성공도 할 수가 없다. 지금의 교육은 상위권 아이에게는 엄청난 능력을 요구하는 반면 하위권 아이에게는 본인의 능력을 펼쳐 볼 기회도 없이 도태되는 형태로 진행되고 있다. **이런 교육을 통해 사회에 배출되**

는 아이들의 빈부격차는 앞으로도 점점 커질 수밖에 없다. 상류 층으로 올라갈 수 있는 사다리 자체가 없어지는 것이다.

게다가 학교에서 출제되는 문제는 풀기가 점점 힘들어진다. 실제로 서울의 모 고등학교 1학년 국어 시험에는 총 30문제가 나왔는데 시험지가 자그마치 14페이지였다. 5개의 문제를 풀기 위한 지문만 1페이지 이상이 나왔고, 시와 수필에 관련된 문제 3개를 풀기 위한 지문이 또 1페이지 이상 나왔다. 학력고사나 수능 초기의 대입 시험에 이런 문제가 나왔다면 주어진 시간 내에 풀 수가 없었을 것이다. 그러니 부모들은 당연히 요즘 아이들이 공부하면서 겪는 애로가 무엇인지 알 수가 없다.

이런 사례도 있다. 필자는 몇 해 전 수능이 끝난 후 개인적으로 알고 지내는 서울 모 대학교의 물리학과 교수님께 그해의 수능 물리시험을 풀어봐 달라고 요청한 적이 있다. 교수님뿐만 아니라 대학원에 재학 중인 조교에게도 함께 풀어봐 달라고 부탁을 했다. 결과는 어떻게 나왔을까?

수능이 정한 제한된 시간 내에 교수님은 절반 정도를 풀었고 대학원생 조교는 30% 정도를 풀었다. 놀랍지 않은가? 물리가 전공인 대학교수도 절반밖에 못 푸는 물리 문제를 SKY나 카이스트에 진학하는 학생들은 제한된 시간 내에 완벽하게 풀이한다. 어떻게 이런 일이 가능할까?

공교육의 한계
사교육의 문제

공교육은 학생마다 천차만별인 학업 수준을 일일이 챙길 여력이 없다.
사교육은 당장의 성적을 올려야 하기 때문에 꼼꼼하게 개념을
이해할 수 있도록 하는 장기적인 플랜을 진행할 수 없다.

요즘 학교에서는 수업 시간에 정상적으로 공부하는 아이들이 불과 몇 명 되지 않는다고 한다. 자기주도 학습이라는 명분 아래 스스로 알아서 공부해야 한다. 뒤에 다시 얘기하겠지만, **자기주도 학습은 스스로 한다는 것이 중요한 것이 아니라 자기 자신의 상황에 대한 객관적인 파악이 우선되어야 한다.** 무엇을 모르는지, 무엇이 부족한지, 그것을 채우기 위해서는 어떤 방법을 써야 하는지부터 아주 구체적으로 파악이 되어야 한다. 이것이 선행되지 않으면 자기주도 학습은 허울뿐인 명제가 될 수밖에 없다.

그런데 학교에서는 학생 개개인이 자신의 상황을 구체적으로 파악할 수 있도록 도와주지 않는다. 아이들마다 수준이 천차만별이고

성격도 가지각색이고 처해 있는 상황도 버라이어티한데 학교에서는 진도에 맞춰서 전진만 할 뿐이다.

아이들은 수업에 들어가면 선생님이 도대체 무슨 말을 하는지 이해할 수가 없다. 알아듣지도 못하는 수업을 매일 6~8시간을 보고 듣고 있어야 한다. 이해도 안 되는 수업을 가만히 눈 뜨고 앉아 하루 종일 집중해서 보고 듣고 있는 아이는 정상이라고 볼 수 없다. 그렇지 않은가? 그러니 수업 시간에 잠을 자는 아이들이 생겨나고 선생님은 이런 아이들을 일일이 챙길 여력이 없으니 그냥 진도만 나간다.

수업 시간에 잠자는 아이는 차라리 건전한 아이이다. 어떤 아이들은 그 무료하고 지루한 시간을 폭력이나 기타 부정적인 행동을 하면서 버틴다. 이런 행태가 매일매일 반복되는 곳이 바로 우리 아이들의 학교이다. **자기주도 학습이라는 거창한 명분을 내세우면서 학생이 스스로 공부를 포기하게끔 만드는 것이 바로 우리 공교육의 현실이기도 하다.**

부모들은 학교가 끝나면 아이들을 또 학원으로 돌린다. 좀 우스운 이야기지만 필자가 지금 사는 동네에 처음 이사를 왔을 때, 우리 동네에는 아이가 많이 살지 않는 줄 알았다. 아침 출근길에서 L이나 K 같은 사립학교 교복을 입은 초등학생 아이들이 스쿨버스를 타기 위해 줄 서 있는 것 정도만 보았을 뿐, 길을 걸어가는 아이는 거의 보지 못했기 때문이다. 나중에 알고 보니 아이들은 필자가 출근하기 전에 먼저 등교하는 것이었고, 하교할 때는 학원 버스를 타고 이 학원 저 학원을 거쳤다가 밤이 늦어서야 귀가하는 것이었다.

어느 날은 밤 11시에 승강기를 함께 탄 초등학교 3학년생을 본 적이 있다. 그 아이 역시 여기저기 학원을 다녀온 길이라고 했다. 몇 시에 자냐고 물었더니 새벽 1시가 넘어야 한다는데 학원 숙제 때문에 그렇단다. 그렇다면 우리 아이들이 그렇게 고생하면서 배우러 다니는 학원은 학업에 긍정적인 방향을 제시하고 있는가?

학원은 돈을 버는 것이 우선의 목적이다. 그렇기 때문에 학생이 다음 달에도 등록하도록 하기 위해서는 단기간에 성적을 올려 줘야 한다. 아이의 상태를 점검하고 자세히 파악하여 과목마다 필요한 개념을 꼼꼼하게 가르치는 등의 장기적인 플랜에 따른 학습을 도저히 진행할 수가 없다. 학원은 등록한 학생의 성적을 당장에 가시적으로 올릴 수 있도록 모든 방법을 강구해야만 한다. 그래서 국어 학원은 국어 숙제, 수학 학원은 수학 숙제, 영어 학원은 영어 숙제를 엄청나게 많이 내 준다. 이런 숙제를 다 하려면 밤늦게 잠들 수밖에 없고 피곤한 몸은 다음 날 학교 수업 시간에 잠을 자야 겨우 회복이 된다.

심지어 어떤 학원은 방학을 맞은 학생들에게 무조건 하루 12시간을 공부시키는 상품을 내놓았다. 스마트폰도 끊고 친구도 끊고 오직

나도 신나게 놀고 싶은데 숙제가 너무 많다.

공부에만 집중할 수 있도록 시간표를 제공하고 관리감독도 철저히 하겠단다. 그 광고를 보는 순간 필자는 참담한 심정이 들었다. 고가의 학원비는 차치하고라도 학생 개개인에 대한 정확한 진단과 맞춤형 공부 방법은 무시한 채 무조건 책상 앞에 붙들어 두기만 해서 과연 방학 이후에도 성적이 올라가고 아이들이 스스로 공부할 수 있는 자기주도 학습이 가능할까?

물론 이런 악순환을 끊어 내고 아이들이 장기적인 플랜을 가지고 자기주도 학습을 할 수 있도록 도와주는 학원도 드물게 있긴 하다. 문제는 어느 정도 성적이 나오는 학생만 수강이 가능한 데다가 수업료가 어마어마하게 비싸다는 것이다.

사실 사교육이 필요한 아이는 하위권 아이들보다는 상위권 아이들이다. 더 높은 상위권으로 가기 위해 한두 문제를 더 맞히기 위해서 필요한 것이 사교육이다. 10~20점이 아니라 1~2점 더 올리기 위해 사교육이 필요한 것이다.

아이의 성적이 잘 나오는 이유는 학원에서 잘 가르치기 때문이 아니다. 학원이나 과외와 같은 사교육은 공부의 시간을 줄여주는 역할 정도로 이해해야 한다. 혼자 공부했을 때 2~3시간 고생해서 겨우 이해할 것을 사교육에서는 50분 강의로 쉽게 설명해 주는 것뿐이다. 그래서 기본이 잘 되어 있고 학습 습관이 잘 갖춰진 학생에게는 공부에 투입하는 시간을 줄여 주어 더 깊은 공부를 가능하게 하고, 결과적으로 상위권 학생들 사이의 순위를 가르는 고난도의 1~2 문제를 주어진 시간 내에 풀어 낼 수 있게 해 준다.

시중의 공부법을
실천하기 어려운 이유

구체적인 방법을 제시하지 않는 공부법은 실천과의 간극이 엄청나다.
인문학적 소양을 기른다면 내 아이에게 맞는 공부법을 찾기란 어렵지 않다.

우리 주변에는 수많은 공부법 이야기가 있다. 시중의 학원에서 내세우는 자신들만의 특별한 공부법을 비롯하여 친척들의 조언, 1등 아이 엄마의 성공 사례는 종종 선택 장애를 불러일으킨다. 어떤 부모는 아이들 교육을 위해 멀쩡한 자기 집을 세 주고 강남으로 전월세 집을 얻어 이사를 가기도 하고, 그곳에서 엄청난 돈을 지불하면서 전문적인 컨설팅을 받기도 한다. 그렇지만 그런 공부법을 내 아이가 그대로 따라 한다고 해서 성적이 올라갈까? 미안하지만 효과는 미미할 것이다. 성적이 올라가기는커녕 아이가 공부에 대해 더 싫증을 내게 만드는 요인이 되기도 한다. 성공적(이라고 주장하는)인 공부법을 따라 하면 잘될 것 같은데 왜 부작용만 생기는 걸까?

영어 수업을 예로 들어보자. 어떤 공부법은 수업을 듣기 전에 먼저 예습부터 하고 수업 중에는 핵심 단어만 필기하고 수업이 끝나면 노트를 정리하라고 가르친다. 부모들이 학생 시절에 줄곧 듣던 얘기 아닌가? 그 시절에 예습과 복습은 좋은 성적을 받기 위한 필수 패키지였다. 예습 먼저 하고, 수업 중에는 핵심 단어를 필기하고 집에 가서 복습하고······ 이렇게 하면 분명히 좋은 성적이 나올 것처럼 생각된다.

그런데 우리 아이들이 이 공부법을 따라 하려면 막막한 벽에 부딪힌다. 무엇을 예습하라는 거지? 어떻게 예습하라는 거지? 핵심 단어는 어떻게 골라내야 하나? 노트는 어떻게 정리해야 하나? 복습은 참고서를 활용하여 깊이 있는 공부를 하고, 문제풀이는 틀린 문제에 초점을 맞추라고들 하는데 도대체 구체적으로 어떻게 하라는 것인가?

이런 현상은 당연한 것이다. 아이들마다 수준이 다르고, 이해력이 다르고, 사고하는 능력이 다른데, 개개인별로 어떻게 해야 하는지 구체적으로 알려 주지 않는 공부법은 공허할 뿐이다.

시중의 공부법을 실천하기 힘든 가장 큰 이유는 제시되는 공부법과 실천 방안과의 엄청난 간극 때문이다. 구체적인 방안을 자세하게 제시하지 않는 두루뭉술한 공부법은 그 실천과의 간극이 실로 엄청나다. 더군다나 어른에 비해 아이가 느끼는 간극은 상상을 초월

한다. 일반화되었거나 다른 사람에게 최적화된 또는 학원에서 광고하는 일방적인 공부법을 그대로 따라 하다 보면 아이들은 좌절하게 된다. 심지어 더 이상 어떠한 공부법도 신뢰할 수 없게 되면서 공부 자체에 흥미를 잃게 되는 경우가 발생한다. 따라서 시중에 유명하다는 공부법을 그대로 따라 하지 말아야 한다.

자신에게 최적화된 개별적인 공부법을 확립하기 위해서는 생각의 힘을 키워 주는 인문적 지식을 길러야 할 필요가 있다. 어릴 때부터 교과목 공부가 아니더라도 대화, 독서, 여행, 영화 감상 등 다양한 콘텐츠를 통해 생각하는 뇌의 근육을 강화시키는 것이 바람직하다. 그런 후에는 시중의 공부법에서 자신에게 알맞는 방법을 선별하고 변형할 수 있게 된다.

좌뇌와 우뇌

좌뇌와 우뇌를 구별하는 것은 지식을 어떻게 받아들이는지 그 방법의
차이를 말하는 것이지 특정 분야에 소질이 있는지를 알아보는 것은 아니다.

아이를 키우면서 대부분의 부모들은 좌뇌와 우뇌의 역할에 대해 한
번쯤은 들어본 경험이 있을 것이다. 좌뇌는 논리적 영역을 담당하여
수학, 과학 등의 이과 과목과 관련되어 있고, 반대로 우뇌는 감성적
영역을 담당하여 암기, 예술 등의 문과 과목과 관련되어 있다고 알
려져 있다. 이는 뇌의 반응을 연구한 다양한 실험 결과를 통해서도
밝혀진 바이다.

필자의 아들도 초등학생 때 좌뇌가 상당히 발달되어 있다는 진단
을 받은 적이 있는데, 그래서 이과 쪽을 선택해야겠다고 생각했었고
실제로 공대에 진학했다.

하지만 생물학적으로 좌뇌와 우뇌의 반응은 그렇다 하더라도, 학

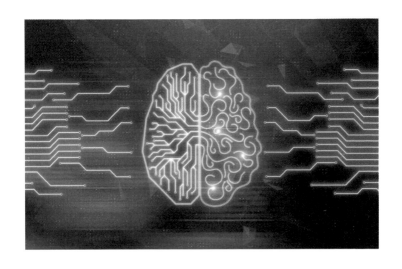

습적인 차원에서의 좌뇌와 우뇌의 역할은 이렇게 단순하게 분리해서 생각할 수 있는 영역은 아니다. **좌뇌와 우뇌를 구별하는 것은 지식을 어떻게 받아들이는지 그 방법의 차이를 말하는 것이지 특정 분야에 소질이 있는지를 알아보는 것은 아니기 때문이다.**

우리가 흔히 우뇌 영역으로 알고 있는 '언어' 부분을 예로 들어 보자. 우뇌가 발달되면 언어 능력이 뛰어나기 때문에 말을 잘하고, 글을 잘 쓰고, 외국어를 배울 때 습득이 빠르다고들 생각할 수 있다. 하지만 기본적으로 '언어'는 논리의 영역에 속하는데, 이는 중학교 2학년 때 배우게 되는 '음운의 변동'과 '어문 규범'을 보면 알 수 있다.

음운은 국어의 일반적인 발음 법칙을 따르거나, 발음을 자연스럽고 편하게 하기 위해 변동한다. 그래서 구개음화와 두음법칙이 필요하고, 자음이나 모음의 탈락과 같은 현상이 발생한다. 어문 규범을 통해 글과 소리를 사용하는 방법과 규칙을 배우기도 한다. 수학이 숫자들 간의 상관관계나 규칙에 관한 과목이라는 점을 감안할 때 언어는 언어 논리, 수학은 수 논리를 배우는 '논리' 학문임을 알 수 있다.

음악 역시 대표적인 우뇌 학문으로 알려져 있다. 음악은 감성적으로 느껴야 하기 때문에 너무 분석하면 그 감성을 느낄 수 없다고 얘기하는 사람들도 있다. 음악은 감성적이고 자유로운 것이어야지 분석적이고 논리적이어서는 안 된다는 주장이다.

그런데 바흐가 '음악의 아버지'라고 불리는 이유는 그가 음악을 논리적으로 분석한 대가이기 때문이다. 바흐는 엄청나게 많은 곡을 작곡하면서 '화성학'의 패턴을 정립했다. 화성학이란 화음의 성질과 그들 간의 연결법을 명확하게 규정한 음악 이론이다. 화성학이 정립되지 않았다면 슈만, 멘델스존, 쇼팽, 리스트와 같은 클래식의 대가가 탄생할 수 없었을 뿐만 아니라 오늘날 K-POP과 같은 수많은 대중음악들도 제대로 만들어질 수 없었을 것이다. 이처럼 음악도 논리를 철저히 따져 가면서 만들어야 훌륭한 음악이 탄생한다. 훌륭한 음악을 작곡하기 위해서는 언어 논리(국어)와 수 논리(수학)에 대한 감각을 키워야 한다.

이런 예를 보더라도 좌뇌와 우뇌는 서로 분리시켜 생각할 것이 아니라 함께 발달을 시켜야 한다. 좌뇌가 습득한 지식을 분석해도

음악은 지극히 수학적이다.

우뇌가 그 지식을 제대로 인식하지 못하면 오롯이 자기의 것으로 만들 수 없다.

개인마다 특정 과목에 취약한 이유는 좌뇌나 우뇌가 발달하지 않아서가 아니다. 그 과목의 공부를 처음 시작할 때 그 과목에 맞는 생각의 흐름을 잡지 못했거나 특정한 개념을 제대로 이해하지 못했기 때문이다.

필자는 학창 시절에 방정식은 곧잘 했는데 함수에는 젬병이었다. 물론 공부를 많이 하지 않은 때문이기도 하겠지만, 유독 함수 문제만 보면 자꾸 피하고 싶었다. 좌뇌의 발달이 문제라면 방정식과 함수 둘 다 잘하던지 아니면 둘 다 못해야 하는 것 아닌가? 필자는 중학생일 때 하루 결석한 일이 있었는데, 그날 함수에 대한 첫 수업이 있었다. 하필 그날 설명되었을 '함수란 주어진 성질을 만족하는 대응관계'라는 개념을 놓쳤기 때문에 학창 시절 내내 함수 문제는 제대로 풀 수 없었던 것이다.

공부를 무조건 열심히 한다고만 해서 성적이 오르지는 않는다. 좌뇌나 우뇌의 문제도 아니다. 더 이상은 아이의 성적이 나쁜 이유를 좌뇌와 우뇌에서 찾지 말자.

학교에서는 교과서를 보지 않는다

학교에서 수업 시간에 활용하는 교과 유인물은
교과서를 참고하고 정리하여 만든다. 따라서 교과서를 통해
개념이 형성되는 과정을 먼저 이해해야 한다.

요즘 학교에서는 교과서만으로 수업을 하진 않는다. 대신 과목별 선생님들이 직접 만든 유인물을 나눠 주고 그것을 보면서 수업을 한다. 시험 문제도 이 유인물에서 다 나온다. 그러면 교과서는 누가 볼까? 선생님은 유인물을 만들기 위해서 교과서를 비롯하여 여러 참고 자료들을 함께 본다. 왜냐하면 문제의 유형을 파악하기 위해서 또는 각종 참고서의 문제들을 피하기 위해서이다. 그런 다음 선생님 본인의 지식의 근육으로 재조합해서 유인물을 만든다. 선생님 입장에서는 자기의 지적 근육으로 만든 거니까 유인물만 있으면 수업을 진행할 수 있다. 몇 년간, 몇십 년간 이것만 봤으니 당연히 군더더기 없이 깔끔하게 본인이 잘 설명할 수 있도록 편집도 한다. 그래서 아

이들도 본인이 만든 유인물에 나와 있는 대로만 공부하면 개념도 이해하고 문제도 쉽게 풀 수 있다고 생각한다. 하지만 이런 생각은 아이들의 상태를 충분히 이해하지 못한 것이다.

아이들은 선생님과 다르다. 유인물에 나온 특정한 개념이 어떤 과정을 거쳐서 그렇게 형성되는지를 해석해 낼 능력이 없다. 물론 선생님은 유인물의 내용에 대해서 자세하게 해석을 다 해준다. 아이들은 수업 시간에 듣고 그 자리에서 이해하는 것으로 학습이 되었다고 생각하지만, 막상 배운 것을 혼자 복기하려면 머릿속은 뒤죽박죽이 된다. 배운 것을 익히는 과정이 없었기 때문이다. 학교에서 배운 개념을 익히기 위해서는 다시 교과서를 꼼꼼히 봐야 할 텐데 선생님이 교과서로 수업을 하지 않으니 안 봐도 되는 줄 알고 교과서를 시시하게 생각하고 무시한다. 배우기만 하고 본인의 것으로 익히지 못한 개념은 모래성과 같아서 돌아서면 잊어버리기 마련이다.

공부하라는 쓸데없는 잔소리

부모가 아이의 학습과 관련해서 해야 하는 노력은
아이가 공부를 잘할 수 있도록 주변을 정리하고 길을 찾아내는 것이다.
무조건 공부하라고 다그치기만 하는 것은
공부 안 하는 아이와 마찬가지로
아무 대책이 없는 짓이라는 것을 잊지 말자.

초등학생일 때는 나름 공부를 잘하던 아이가 어느 순간, 특히 중학교 2학년쯤 되면서부터 성적이 곤두박질치더니 올라가지 않는 경우가 많다. 아이는 시험이 코앞으로 다가왔는데도 공부를 하지 않는다. 게임을 하거나 친구와 수다를 떨거나 아니면 집에서 뒹굴거린다. 어떤 아이는 새벽까지 자지 않고 핸드폰으로 프리미어리그 축구를 본다. 이런 모습을 보면 부모님들은 속이 터진다. 다른 때도 아니고 시험을 앞두고 왜 이러는지 도무지 이해가 안 된다. 공부 좀 하라고 채근해 보지만 아이는 자기가 알아서 한다고만 하고 방문을 걸어 잠그기 일쑤다.

우리 아이는 왜 공부를 하지 않을까?

학년이 올라가면서 **개념 이해의 벽**에 부딪히면 아이는 공부를 아무리 열심히 해 봤자 더 이상 성적이 오르기가 쉽지 않다는 것을 본능적으로 알아차린다. 특히 중학교 2학년 2학기나 고등학교 2학년 1학기쯤이면 이전 학기에 비해 난이도가 꽤 높게 올라간다. 개념을 목차 순서에 따라 차근차근 이해하지 않았거나, 자신만의 공부 방법을 구축해 놓지 않고 사교육이 이끄는 대로 아무 생각 없이 따라만 간 아이들은 이 위기를 넘기기 힘들다.

아이가 초등학생일 때 성적이 좋았던 이유는 엄밀하게 말해 공부를 잘해서가 아니다. 단순암기식 문제의 답을 잘 맞혔기 때문에 공부를 잘하는 것처럼 보이는 착시 현상이었을 뿐이다. 초등학생 때는 근본적으로 공부에 대한 자세, 글을 읽는 방법 등에 대해 좋은 습관을 가지는 것이 더욱 중요하다. 그렇지만 이런 습관을 기르지 못하고 있더라도 당장의 좋은 성적에 가려져서 문제점이 보이지 않은 것뿐이다.

모든 아이들의 로망은 100점이다. '노~~오력'을 해서 100점을 받을 수 있다면 죽기 살기로 '노~~오력' 하는 아이들도 있을 수 있겠지만, 학년이 올라가면서 노력만으로는 절대 100점을 받을 수 없다는 점을 아이들은 너무나 잘 알게 된다. 아이는 자신이 평소든 시험 기간이든 간에 정말 열심히 최선을 다해 공부했는데도 공부한 내용이 완벽하게 이해되질 않고 이 상태로 시험을 봤다간 70~80점 이상은 나오기 어렵다는 것을 귀신같이 알게 된다. 최선을 다했음에도 불구하고 70~80점밖에 안 나오면 더 이상 할 수 있는 건 아무것도 없으며 남은 건 좌절밖에 없게 된다. 차라리 공부를 하지 않으면 핑계라도 만들 수 있다. '내가 공부를 하지 않아서 그런 것이지, 하기만 하면 100점은 언제라도 받을 수 있어'라는 핑계 말이다. 이런 핑계는 아이에게는 공부의 압박을 견딜 수 있는 유용한 수단이 된다. 어쩌면 이것은 치열한 성적 전쟁에서 살아남기 위한 아이의 몸부림이라고 봐야 한다. **인정하는 순간 좌절밖에 없다면, 차라리 인정하지 않겠다는 심리가 발동하는 것이다.**

부모는 아이의 성격, 능력, 상황에 맞춰서 어떻게 공부하는 것이 가장 적절한지를 고민해야 한다. 자꾸 공부하라고 강요만 하게 되면 아이를 벼랑으로 내모는 것과 동시에 아이들과 벽을 쌓는 어리석은 행동이라는 것을 알아야 한다. 아이에게 공부하라고 다그친다고 해서 아이가 공부하지는 않는다. 그렇게 해서 공부할 아이라면 이미 전교 1등 했어야 한다. 부모들도 학창 시절에 숱하게 들었지만 하지 않은 공부를 우리 아이라고 해서 하겠는가?

공허한 메아리처럼 '공부해라'고 다그치지만 말고 아이의 성격, 능력, 상황을 면밀히 파악하여 이에 맞게 학습 플랜을 짜고 공부를 하도록 해야 한다. 그러기 위해서는 지금 보고 있는 이 책뿐만 아니라 학습과 관련한 강의도 부지런히 찾아 들어야 한다. 만약 부모가 아이의 상태에 대해 파악이 안 된다면 학습 코칭 전문가에게 상담을 받는 노력이라도 해야 할 것이다.

사실 아이의 상태에 대해서는 전문가들보다 부모가 확실히 더 잘 안다. 그러나 부모는 자기의 느낌이 정확한 것인지 확신이 서지 않는다. 전문가는 다양한 심리 검사와 상담 등을 통해 아이의 상태에 대해 객관적으로 잘 정리해서 알려 주는 역할을 한다.

잠시 쉬어도 괜찮아

성적을 올리기 위해서는 잠시 공부를 놓는 것도 괜찮다.
다만 공부에 집중해야 할 때를 정해 놓고 반드시 실천해야 한다.

아이들은 좋은 성적을 받아야 행복을 느낀다. 아이가 입버릇처럼 말하는 '공부하기 싫다'는 말은 '나도 공부를 잘하고 싶은데 어떻게 해야 할지 모르겠다'는 말로도 해석이 가능하다. 아이들은 학년이 올라가면서 무기력해지는 경우가 종종 발생한다. 특히 공부를 잘 하던 아이들에게서 이런 현상이 많이 보인다. 남자 아이들은 그 좋아하던 PC방도 안 가고 방에서 뒹굴뒹굴거리기만 한다. 이런 아이를 보고 있자면 엄마는 속이 터지겠지만, 이럴 때는 차라리 그냥 놀도록 내버려 두는 것도 괜찮다. 학교 수업도 현장 학습을 신청하여 빠지고 아예 한 달 정도 여행 다니고 놀고먹고 하는 것도 괜찮다. 중2 때까지는 그렇게 해도 된다. 고등학교에 진학하면 아예 꿈도 못 꾸는 사치가 될 것이다. 중학교 3학년 여름방학 때부터 졸업 때까지는 7~8개월의 시간이 있는데 이 시간은 1~3학년 동안의 총 방학 기간과 비슷하다. 이 기간을 잘 활용하기만 하면 상위권으로 충분히 치고 올라갈 수 있다. 그러니 1~2학년 동안 공부가 제대로 되지 않은 아이들은 이 기간을 마지막 기회라고 생각하고 최대한 잘 활용해야 한다.

때로는 모든 것을 내려놓는 것이 다음을 위한 도약의 계기가 될 수 있다. 이것이 삶의 밸런스를 찾아가는 단계이다. 단, 돈 쓰는 것만 함부로 하지 않도록 주의시키면 된다. 아이가 돈을 마음대로 쓰게 되면 더 이상 공부를 해야 할 이유를 잃게 될 수도 있다.

공부 징크스(Jinx)와 성공의 경험

아이들은 학교에서 1년에 4번의 큰 시험을 치르게 됩니다. 물론 수행평가나 보고서 작성, 모둠 활동도 있지만, 아무튼 아이들이 모든 신경을 집중하여 준비하는 시험은 학기별 중간고사와 기말고사입니다. 시험이 끝나고 평화로운 일상이 며칠 지나고 나면 성적이 발표됩니다. 성적이 발표되면 대부분의 아이들은 한숨부터 쉬게 되죠. 공부를 열심히 한 아이는 물론이고 시험대비 공부를 별로 하지 않은 아이들도 낮은 성적이 나오면 낙담하게 마련입니다. 이런 아이들이 '다음 시험에는 좀 더 열심히 공부해야지!!!'라고 마음먹어 주면 얼마나 좋을까요? 그렇지만 거의 대부분 그런 생각을 하지 않는다는 것을 잘 아실 겁니다.

아이들이 성적표를 받았을 때, 가끔은 생각보다 성적이 더 잘 나온 과목이 있을 수 있어요. 아이들은 왜 그럴까를 잠시 생각해 봅니다. '아, 그 문제집을 풀어 봐서 그렇구나!', '공부하고 바로 잤더니 기억이 잘 됐나 보다', '시험 시간 전 10분 동안 집중해서 교과서를 봐서 그래', 심지어는 '등굣길에 버스 광고판에서 김연아 선수를 봤었는데, 행운의 여신이었구만!!' 이렇게 생각하는 아이도 있어요.

이런 것들이 바로 징크스(Jinx)가 됩니다. 기대에 비해서 성적이 잘 나오게 된 경험이 있으면 그 경험을 맹신하게 되는 것이죠. 그리곤 시험 때마다 그 징크스를 실행하려 해요. 반대로 자기의 노력과 기대보다 더 낮은 성적이 나왔을 때도 징크스를 찾는 아이들이 있어요. 당연히 이런 징크스는 성적과 아무 관련이 없지만, 이러한 행동 양태는 인간이라면 누구나 가지는 본능과 같은 것이라 볼 수 있습니다.

시험 전에 기도했더니 성적이 잘 나왔어요…… 정말?

상위권 아이들은 시험이 끝나면 그 시험 문제를 철저히 분석합니다. 자신이 확실하게 아는 문제, 알쏭달쏭한 문제, 아직 공부가 덜 된 문제 등으로 분류하고 그에 대한 후속 공부를 합니다. 이번 시험의 성적이 높든 낮든 관계없이 나름대로 분석하고 자신의 약점을 보완하려는 작업을 하는 것이죠.

그렇지만 하위권 아이들, 특히 저학년의 아이들은 시험 성적이 낮게 나오면 아예 외면해 버리는 경향이 있어요. 필자는 이런 상황을 '실패의 경험'이라고 부릅니다. 실패의 경험은 공부를 두렵게 느끼게 해요. 자신은 공부를 충분히 했다고 생각했는데도 성적이 낮게 나오면 공부가 두려워지거든요. 그래서 아예 공부를 안 함으로써 자신의 자존심을 지키려 합니다. 시험 때만 되면 배 아프고 머리 아픈 아이들은 좋은 성적을 포기하고 대신 자기의 자존심을 지키는 경우라할 수 있어요. '공부해 봤자 제대로 나오지도 않는 성적이니 대충 하고 말자'라는 아이도 있고, 자기는 열심히 공부한다고 하면서도 실제로는 공부를 외면하는 아이들도 있죠.

또 공부가 안 되는 아이들은 대체적으로 고집이 센 경향이 있어요. 징크스도 일종의 고집이라고 할 수 있는데, 자기가 믿고 싶은 대로 믿기 때문입니다. 고집이 센 아이는 특정 과목에서는 좋은 성적을 낼 수 있을지 모르나 요즘처럼 모든 과목에서 골고루 좋은 성적을 내야만 하는 상황에서는 굉장히 힘든 길을 걷게 될 것입니다. 고집이라는 폐쇄성을 계속 유지하면 학습의 악순환만 계속 됩니다. 이렇게 학습의 악순환이 반복되면 공부를 약간만 해 보고—또는 하는 척만 해 보고—얼른 손을 떼게 됩니다.

이렇게 징크스나 고집 때문에 공부를 거부하는 아이들은 어떻게 해야 할까요?

어떤 분야를 막론하고 발전을 위해서는 개방성이 필수입니다. 그러니 우선 고집부터 버리도록 만들어 줘야 합니다. 물론 고집을 부리는 아이에게 고집을 버리도록 하는 것은 쉬운 일이 아니에요. 아이의 성격이나 상태에 따라 다른 아이들보다 시간이 더 걸릴 수도 있고요. 습관을 고친다는 것이 하루아침에 되는 것은 아니니까요.

'실패의 경험'을 '성공의 경험'으로 바꿔 줘야 합니다.

성공의 경험은 아이가 가장 잘할 수 있는 것을 찾는 것에서부터 시작하면 되는데 이것은 부모님이 도와주셔야 해요. 아이를 잘 관찰해 보세요. 아이가 상대적으로 쉽다고 생각하는 과목을 파악하고 그 한 과목에 대해서는 과외를 붙이든 부모님이 도와주든 어떻게든 좋은 성적을 받도록 해 보세요.

예를 들어, 역사를 공부할 때 교과서 글만 읽고 외우기만 해서는 좋은 성적이 나올 리가 없겠죠? 사전에 역사적 사실에 대한 기본적인 지식이 깔려 있어야 하죠. 공부가 안 되는 아이일수록 배경 설명을 더 자세하게, 더 쉽게 해 줘야 합니다. 역사적 사실과 관련된 영화를 보여 주거나, 책을 보여 주거나, 설명을 많이 해 주거나 하는 겁니다. 병자호란은 '남한산성'이라는 영화를 먼저 보여 주면 설명하기가 좋아요. 물론, 영화는 역사적 사실을 있는 그대로 그리진 않기 때문에 한계는 분명히 있습니다. 그래도 최소한 이름이나 용어라도 친숙하게 만들어 놓으면 성공이라 할 수 있어요. '용골대'가 누구인지, '삼전도의 굴욕'이 무엇을 말하는지에 관한 배경 지식들을 알고 나서 교과서를 읽으면 이해가 쉽게 됩니다.

실제로 필자가 상담한 한 중학교 1학년 아이는 초등학교 대부분을 뉴질랜드에서 보냈는데, 한국에 돌아와서 배우게 된 국사는 마치 외계어 같더랍니다. 예를 들면 그 아이는 '사대교린(事大交隣)'을 전혀 이해하지 못했지요. '사대교린'이란 조선 시대 외교정책의 근간을 뜻하는 말인데, 중국에 대해서는 사대를 하고 여진이나 왜와 같은 오랑캐 나라에 대해서는 회유책과 강경책을 적절히 사용한다는 뜻이거든요. 계속 한국에서 살면서 한국사를 꾸준히 접했던 아이에게는 조금만 설명해 주면 쉽게 이해할 수 있는 말이었을 텐데, 이 아이는 전혀 이해하지 못했어요.

필자는 이 아이에게 '사대란 납작 엎드리는 것이고 교린은 줬다 뺐었다 하는 일종의 밀당인데 그 강도가 무척 셌다. 사람을 길들이는 것'이라고 설명해 주었어요. 비록 본래의 뜻과 약간의 오차는 있을 수 있겠지만, 아이의 수준에 맞게 쉽게 설명해 주는 것이 중요했기 때문입니다.

그런데 모든 과목의 모든 내용을 이런 식으로 아이의 수준에 맞게 쉽게 설명해 주는 것은 어떤 선생님도 어떤 부모님도 도저히 할 수 없는 일입니다. 그러니 가장 확실하고 효과적인 전략으로, 아이가 제일 쉽게 느끼는 한 과목만 이런 식으로 쉽게 공부할 수 있도록 이끌어 주는 것이 필요합니다. 공부를 수월하게 하고도 높은 점수를 얻게 하는 것이 성공의 경험을 만드는 핵심이거든요. '내가 공부를 하니까 높은 점수를 받을 수 있구나!'를 느끼게 되면 아이는 그 성공의 경험과 영역을 점차 넓혀 갈 수 있는 원동력을 얻게 됩니다.

2장

내 아이 공부 들여다보기

일탈하는 아이, 속 터지는 엄마

중학교 2학년 2학기부터 공부는 급격히 어려워진다.
학원에서 문제풀이법만 배우고 개념을 정확하게 이해하지 못한 아이는
이때쯤부터 자신의 한계를 느끼게 된다.

필자가 상담한 아이 가운데 기억에 남는 한 아이의 사례를 소개한
다.

이 아이는 그동안은 다른 과목은 몰라도 수학만큼은 계속 A를 받
았다고 한다. 그런데 중3이 되면서 어느 순간엔가 수학에 손을 놓았
다. 담임이 수학 선생님임에도 불구하고 수행평가 점수는 최저 수준
인 E를 받아 왔고, 2학기 마지막 기말고사에서는 문제를 풀지도 않
고 아예 한 번호로 다 찍었다고 했다.

부모는 속이 터졌다. 지금까지 잘해 왔던 아이가 갑자기 왜 이렇게
되었을까? 나쁜 친구를 사귄 건 아닌지, 게임에 빠진 건 아닌지 너
무 걱정이 되어 얘기라도 하려 하면 아이는 대화를 자꾸 피하기만

했다. 자기 방에서 도대체 무얼 하는지 아무리 불러도 대답이 없었다. 엄마는 더 이상 공부하라는 말하기도 지쳐 버렸다. 부모는 아이가 고등학교에 진학해서 다시 열심히 하면 문제없을 것이라고 애써 마음을 다잡다가도 고등학교 수학이 열심히만 한다고 해서 갑자기 잘해질 수 있는 과목이 아니라는 것을 알기 때문에 더욱 답답해했다. 도대체 이 아이에게는 무슨 일이 벌어진 것일까?

사실 자신의 행동에 대한 이유를 아이 자신은 잘 알고 있다. **이 아이는 지금까지 쌓아온 자기의 실력이 얄팍하다는 것을 다른 아이보다 더 빨리 알아챈 것이다. 다시 말해, 더 이상 노력만으로는 되지 않는다는 한계를 느낀 것이다.**

중3 수학 문제는 확실히 어렵다. 그래서 문제를 보자마자 풀 수 있는 실력이 되지 않으면 시험 시간 내에 모든 문제를 푸는 것은 거의 불가능할 정도이다. 1~2학년 때는 학원에서 알려 주는 방법대로 열심히만 하면 풀 수 있었지만, 3학년이 되면서는 그동안 배워 왔던 부분의 개념에 대한 정확한 이해가 없이는 문제를 풀 수 없게 된다. 게다가 수학뿐만 아니라 국어, 사회 등 다른 과목들도 점점 어려워지면서 자신의 노력이 앞으로도 유용할지에 대한 의문이 들기 시작한 것이다.

기말고사 때 한 번호를 찍은 이유는 이 시험이 고등학교 진학과 관련해서 별로 중요한 시험이 아니라는 것을 잘 알고 있기에 객기를 부려본 것뿐이다. 부모는 기절할 노릇이지만 이번 학기로 중학교

생활이 끝나기 때문에 이렇게 질러 본 것일 뿐, 만약 중요한 시험이었으면 아이가 그렇게 하진 않았을 것이다. 중학교 마지막 기말고사 때 좋은 성적을 받았으면 고등학교에 입학할 때 장학금을 기대해 보거나 입학한 후 첫인상을 좋게 했을 것이다. 그것뿐이다. 필자는 이러한 내용을 부모에게 알려 주고 너무 걱정할 필요 없다고 알려 주었다. 생각해 보라. 언제 그렇게 한번 해 보겠는가?

우리 아이는 왜 공부를 못할까?

어릴 때부터 당장의 성적에 연연하여
기본 개념에 대한 이해를 제대로 하지 못한 채 다음 단계로 넘어가게 되면
다음 공부는 당연히 이해가 되지 않고 어렵게 느껴진다.

아이들 사이에 유행하고 있는 '이생망'이라는 말을 들어본 적 있는
가? '이번 생은 망했다'라는 뜻이라고 한다. 이제 겨우 10여 년 인생
을 산 아이들이 벌써부터 이런 말을 쓰는 이유는 뭘까?

학교를 다니는 대부분의 아이들에게 가장 중요한 것은 뭐니뭐니
해도 성적이다. 그런데 아무리 노력해도 성적이 생각처럼 나오지 않
으면 자포자기하는 심정으로 내뱉는 말이 바로 이 말이다. 공부가
힘들다는 아이도, 포기한다는 아이도, 반항하는 아이조차도 나쁜
성적이 나오게 되면 기분이 나쁘고 자존감이 떨어지기 마련인데, 하
루 종일 책상에 앉아 죽기 살기로 공부에 전력을 다한 아이에게 노
력만큼의 성적이 주어지지 않으면 그 실망감은 이루 말할 수 없을

것이다. 그렇다면 시험 기간만 되면 잠도 안 자고 열심히 공부하는 (것처럼 보이는) 우리 아이는 왜 공부를 못할까?

우리 아이가 공부를 못하는 가장 큰 원인은 공부가 어렵다고 느끼기 때문이다.

초등학교 때의 공부를 기반으로 해서 중학교의 공부가 이루어지고 고등학교 때는 심화 과정을 수행하는 것이 초·중·고 교과 과정의 핵심이다. 이러한 교과 과정에 따라 차곡차곡 개념을 이해하고, 이해한 개념을 확장하여 서로 연결시켜 줄 인문적 지식을 습득한 아이는 시험 기간에 대충 공부하고 노는 것 같아도 성적이 잘 나올 수밖에 없다. 그런데 우리 아이는 이러한 교과 과정에 맞게 단계별로 공부해 왔는가를 생각해 보라. 아마 대부분 그렇게 하지 않았을 것이다. 어릴 때부터 당장의 성적에 연연하여 기본적인 개념에 대한 이해를 제대로 하지 못한 채 다음 단계로 넘어가게 되다 보니 다음 공부는 당연히 이해가 되지 않고 어렵게 느껴지는 것이다.

그런 상태에서 당장의 성적을 내기 위해 공식을 외우게 하거나, 족집게식 수업을 듣게 하면 점점 더 힘든 상태로 접어들게 되고 결국엔 수포자(수학 포기자), 영포자(영어 포기자)를 양성하게 된다. 이런 아이에게 유명한 학원이나 과외를 붙여 주는 것은 아무 의미가 없다. 지나간 시간이 아깝더라도 다시 기본 개념부터 시작해야 한다.

다음의 예시를 참고해 보자.

<학년별 방정식 문제 예시>

초 6 : $x - 6 = 14 + 3$

중 1 : $1 + 3x = 21 - 2x$

중 2 : 두 일차방정식 $6x - 2y = 2$, $2x + 2y = 6$의 그래프의 교점이 일차
함수 $y = 2ax + 4$의 그래프 위에 있을 때, a의 값은?

중 3 : 이차방정식 $x^2 - x - 1 = 0$의 한 근을 a라고 할 때, $a^{12} - a^{11} - a^{10} + 5$의 값은?

학년이 올라갈수록 문제가 급격히 어려워지는 것을 볼 수 있다. 그런데 문제는 이것뿐만이 아니다. 중2부터는 방정식 하나를 풀려면 등식에 대한 개념뿐만 아니라, 유리수와 정수에 대한 개념도 정확히 알고 있어야 한다. 이런 개념 이해를 기본으로 한 상태에서 방정식에 대한 정확한 개념을 알고 있어야 이후에 함수에 대한 문제도 풀 수 있게 된다. 그렇기 때문에 유리수와 정수가 어렵다고 해서 건너뛰고 곧장 다음 챕터로 넘어가는 것은 맨땅에 헤딩하게 되는 것이나 마찬가지이다.

교과서의 목차는 아무렇게나 만들어진 것이 아니라, 이렇듯 개념 학습의 순서대로 정리된 것이라고 할 수 있다. 밥을 꼭꼭 씹어 먹듯 목차에 따른 개념의 순서대로 차근차근 공부한다면 성적은 분명히 올라간다. 단, 성적이 올라갈 때까지는 당연히 시간이 걸릴 수밖에 없다. 단군신화의 곰이 인간이 되기 위해서는 100일이라는 시간이 필요했던 것처럼 말이다.

학원을 다녀도 왜 성적이 안 오를까?

중학교 고학년이 되어 공부가 어려워지기 시작하면
도망가고 싶은 유혹에 빠지기 쉽다. 차라리 공부를 하지 않는 것이
나쁜 성적에 대한 핑계가 될 수 있다고 생각한다.

비슷한 사례의 또 다른 아이가 있었다. 초등학생 때부터 중학교 2학
년 때까지 학원에서 꾸준히 공부한 아이였는데, 이 아이는 여러 학
원에서 꽤 수준이 높은 반에서 계속 공부했고 성적도 잘 나온 편이
었다. 부모님은 아이가 학원에서의 공부에 완전히 적응했고, 앞으로
도 학원 공부를 통해 좋은 성적을 받을 것이라고 기대하고 있었다.

그런데 그 아이가 언제부터인가 학원 수업에 늦기 시작했다. 처음
엔 10분 정도 늦더니 얼마 후엔 30분 늦어지다가 나중엔 아예 수업
을 빼먹었다. 그러더니 마침내 학원을 다니지 않겠다고 선언했다. 학
원에서의 공부를 통해 좋은 성적을 올리던 아이가 갑자기 학원을
그만 다니겠다고 하니 부모님은 하늘이 노랗게 보였을 것이다. 아이

공부가 어려워지기 시작하면 아이는 자신의 한계를 느끼게 된다.

에게 그 이유를 물어봐도 딱 부러지는 대답을 내놓지 않으니 부모는 속이 타들어갔다. 아이는 왜 그런 결정을 했을까? 그동안 학원을 꾸준히 다니면서 좋은 성과를 내었는데 말이다.

앞에서 언급한 바와 같이 많은 수의 학원은 당장의 성과를 만들어내지 않으면 등록하는 학생 수가 줄어들기 때문에 시간이 많이 걸리는 개념에 대해서는 꼼꼼하게 가르치지 않는 경우가 있다. 개념을 구체적으로 설명하기보다는 학교 시험에서 높은 성적을 받을 수 있도록 하기 위해 학교 선생님의 문제 출제 유형을 분석하고 이에 맞게 문제를 푸는 방법을 가르치기도 한다.

초등학생이나 중학교 저학년까지는 이런 방법으로 성적을 올릴 수도 있었을 것이다. 그러나 중학교 고학년이 되었을 때 기본 개념이 차곡차곡 완벽하게 정리되어 있지 않으면 더 이상 문제를 풀 수가 없게 된다. 당연히 학원에서 아무리 공부해도 성적이 더 이상은 오르지 않는 것은 물론 오히려 급격하게 하락하는 경우도 나온다. 그런 이유로 아이는 학원에서의 공부에 한계를 느꼈고 성적 하락에 대한 두려움도 느꼈을 것이다.

아이 입장에서는 부모에게 이런 상황을 논리적으로 얘기할 수준도 아닌 데다가, 얘기해 봐야 더 노력해 보라는 식의 압박만 들어올 것이 뻔했다. 더 이상 노력한다고 해도 성적이 좋지 않을 것을 걱정하다 보니 차라리 학원을 그만두는 것이 성적이 안 나오는 것에 대한 핑계가 될 수 있다고 생각한 것이다. 벽에 부딪히면 벽을 뛰어넘

학원을 다니지 않아서 성적이 떨어진 것뿐이야.
다시 공부하면 성적은 금방 올릴 수 있을 거야.

을 생각을 하는 것이 아니라 그냥 주저앉아서 핑계를 찾는 것이 사람의 본성이다.

아이 자신도 이런 핑계가 합리적이지 않다는 것을 잘 알고 있다. 그렇지만 그렇게라도 하지 않으면 나쁜 성적에 대한 모든 책임을 자기가 져야 한다고 느끼기 때문에 억지로라도 그렇게 생각한다. 그렇지 않으면 마음의 부담 때문에 아무것도 할 수 없게 된다. 이런 말도 안 되는 핑계라도 있어야 아이가 자기를 보호할 수 있다.

공부의 진정한 의미

공부는 배우는 것만으로 끝나지 않는다.
개념을 충분히 이해할 수 있도록 꾸준히 연습해야 한다.

학습(學習)이란 배우고(學, 배울 학) 익혀야(習, 익힐 습) 완성된다. 하지만
아이들은 배우는 데만 거의 모든 시간을 사용하고 익히려는 노력은
등한시한다. 아이들은 학교에서 수업을 5시간 듣고 나면 학원에서
또 5시간을 듣는다. 학원에서는 진도에 맞춰 앞으로 나가면서 친절
하게 문제풀이 과정을 하나하나 설명해 준다. 수업을 들으면서 아이
는 '아하, 그렇구나!' 하고 그 문제에 대해 완전히 이해했다고 생각한
다. 그런데 집에 돌아온 아이에게 그 문제를 다시 풀어보라고 하면
못 푸는 경우가 대부분이다. 왜 그럴까? 그 문제에서 제시된 개념을
제대로 익히지 못했기 때문이다. 선생님이 아이에게 혼자 풀어 보라
고 하고, 막히는 부분이 있으면 하나하나 개념을 다시 설명해 주고,

또 아이 스스로가 그 개념을 설명할 수 있는 수준이 되면 온전한 학습이 이루어진 것이다. 그런데 대부분의 학원은 그렇게 하지 않는다. 학원 선생님들은 학생 한 명 한 명을 상대로 많은 시간을 할애할 수 없다.

학습의 1차적인 목표는 아이들이 교과서를 읽고 독해할 수준이 되도록 하는 것이다. 학교나 학원에서는 아이들이 이런 수준이 되도록 만드는 것을 목표로 해야 한다. 예를 들어 교과서를 읽다가 이해가 안 되는 부분이 나왔다고 하자. 그러면 선생님은 거기에 대해 다시 설명을 해 주거나, '한 번만 더 읽어 봐', '목차와 연결해서 봐', '구조를 참고해서 봐'라는 식으로 가이드를 해 주는 것이 가장 이상적이다. 일단 교과서를 보는 것부터가 시작이다. 교과서 공부법과 관련된 자료는 시중에 많이 있으니 그런 자료들을 찾아서 참고하는 것도 좋다.

자기주도 학습의 시작

스스로 계획하고 실행하는 공부가 자기주도 학습의 전부는 아니다.
자신의 취약한 부분을 찾아내고 그에 맞는 학습법을 선택하여
실행하는 것이 우선시되어야 한다.

여러분은 자기주도 학습이란 말을 어떻게 이해하고 있는가? 자기주도 학습이란 무엇이며 어떻게 해야 하는 것일까? 대부분의 사람들은 자기주도 학습이란 학생 스스로가 주도하는 공부법이라고 생각한다. 스스로 과목별 공부 시간을 정하고, 특정 인강이나 학원을 선택하여 누구의 도움 없이 학생 스스로가 진행하는 공부 말이다.

우리 아이의 자기주도 학습은 어떤가? 아이 스스로 공부 시간표를 짜서 실행하고, 스스로 필요한 과목을 공부하고, 스스로 학원이나 인강을 선택하여 잘 듣고 있는가? 그래서 자기주도 학습을 잘하고 있다고 생각하는가? 아이가 스스로 알아서 공부를 하고 그 결과가 좋다면 그야말로 금상첨화겠지만, 결론부터 얘기하자면 이렇게

하는 것은 자기주도 학습이 아니다.

자기가 주도하는 학습이라고 해서 '스스로'라는 단어에 방점을 두는 것은 자기주도 학습의 의미를 잘 모르고 하는 얘기이다. 자기주도 학습은 '자기에게 부족한 것이 무엇인지 정확하게 아는 것'에서 시작해야 한다. 그 다음엔 그 부족한 것을 채우기 위한 방법을 스스로 판단하고 실행해 나가는 학습이 바로 자기주도 학습이다. **다시 말해 자기에게 부족한 것이 무엇인지를 정확하게 인지하는 것이 자기주도 학습의 출발이다.**

필자는 소크라테스가 말한 "너 자신을 알라", 공자의 "모르는 것을 모른다고 하는 것이 아는 것이다"라는 말이 자기주도 학습을 가장 잘 나타내 주는 말이라고 생각한다. 정확한 답을 찾아내려면 문제를 정확하게 알아야만 한다. 자기에게 무엇이 부족한지부터 먼저 알아야 한다. 그러면 부족한 부분을 채우는 방법은 좀 더 쉽게 찾을 수 있다.

수학의 자기주도 학습을 예로 들자면 단순히 일주일에 세 번씩 학원 열심히 다니고 인강도 빠지지 않고 보고 문제집도 하루 몇 페이지씩 부지런히 푸는 것이 아니라, 어느 파트에서 실수가 반복되는지, 문제를 이해하는 관점이 어떠한지, 이 문제는 아예 기초 개념부터 모르는 것인지, 또는 개념 이해가 문제가 아니라 응용이나 연결성에서 시간이 부족한 것인지를 파악해야 한다. 이런 것도 모르면서 무조건 열심히만 한다고 해서 성적이 오를 수는 없다.

특히 고등학생 때는 전략적으로 필요한 부분만 선택해서 공부하지 않으면 공부할 시간이 절대적으로 부족할 것이다. 인강 1시간을 듣더라도 자신에게 필요한 부분을 5분, 10분만 찾아내서 들을 수 있는 능력이 있어야 한다.

그렇다면 자신이 필요로 하는 부분을 어떻게 찾아낼 수 있을까? 해답은 '목차'에 있다. 앞서 말한 바와 같이 목차는 학습에 필요한 개념을 순서대로 정리한 것이다. 그렇기 때문에 평소에 목차와 공부를 연결하는 습관을 가지면 이런 능력을 기를 수 있다.

자신의 취약한 부분을 먼저 찾아내고 그에 맞는 학습법을 스스로 선택하여 진행하는 것이 자기주도 학습이라면, 이런 자기주도 학습은 누구나 가능할까? 아마 여러분 대다수가 불가능하다고 생각할 것이다. 맞다. 그건 불가능하다. 사실 대부분의 아이들은 자신이 무엇을 알아야 하는지 모르는 것은 물론이고 무엇을 모르는지조차 모른다. 자신이 무엇을 모르는지도 모르는데 무작정 공부하라고 하는 것은 앞뒤가 맞지 않다. 그래서 유명한 학원에 다니거나, 이웃집 아이가 봐서 성적이 올랐다는 인강이나 과외를 선택하기도 하는데 이것은 사실 아무 효과가 없다. 내 아이와 이웃집 아이는 성격도 다르고 환경도 다르고 학습 수준도 다르다.

그렇기 때문에 무작정 다른 사람들이 한 공부법을 따라 하는 것은 의미가 없고 반드시 내 아이가 무엇이 취약한지 파악하는 것에서부터 자기주도 학습을 시작해야 한다. 이 과정이 정확하면 그 다음 답은 쉽게 찾을 수 있을 것이다. **부모가 아이들의 코디가 되어 자기의 현재 상태를 정확하게 파악하여 자기주도 학습을 할 수 있도록 해 줘야 한다.**

　자기주도 학습의 의미를 쉽게 이해하려면 다이어트를 떠올려 보면 된다. 세상에는 다이어트를 위한 수많은 방법들이 존재한다. 굶는 방법처럼 원초적인 것부터 시작해서 갖가지 약품, 황제 다이어트, 원푸드 다이어트, 고지방 저탄수화물 다이어트…… 이루 셀 수 없을 만큼의 다이어트 방법이 있는데 아마 대부분 한두 가지 방법은 시도해 보았을 것이다. 어떤 방법이든 간에 열심히 하니 살이 빠지던가? 처음엔 좀 빠지는 것 같기도 하지만 시간이 조금 지나면 더 이상 체중의 변화도 없고 고통스럽기만 하고 돈만 계속 들어가다가 결국은 포기하게 되는 경우가 대부분이다.

　자기주도 학습도 마찬가지이다. 인강, 학원, 과외, 스터디, 독학처럼 공부에도 여러 방법이 있지만 무작정 열심히만 하면 처음엔 성적이 좀 오르는 것 같다가도 이내 지치게 된다. 이런 과정이 반복되면 공부는 해도 해도 안 되는 넘사벽이 되어 더 이상은 손을 댈 수 없는 상황이 되어 버린다.

하지만, 본인이 왜 살이 찌는지 그 원인을 알면 다이어트에 성공할 수 있다. 밤에 야식을 많이 먹는지, 먹는 양이 많은지, 열량이 높은 것만 주로 먹는지, 어릴 때 한약을 너무 많이 먹어서 그런지, 운동을 안 하는지 등의 원인을 먼저 파악한 후에 그에 맞는 다이어트 방법을 찾아야 한다. 이처럼 공부도 자신의 약점과 문제 원인을 먼저 파악해야 한다.

수학을 예로 들자면, 아이가 수학의 개념을 정확하게 모르는 것인지, 연산 연습이 안 되어 있는 것인지, 공부량이 부족한 것인지, 그것도 아니라면 아예 의자에 앉아 있는 것부터가 훈련이 안 되어 있는지를 먼저 파악해야 한다. 그런 후에 자신에게 맞는 공부 방법을 선택하는 것이 순서이다. 이러한 자기주도 학습이 가장 필요한 때는 아마 시험 기간에 하는 공부일 것이다. 시험 시간 60분 안에 그동안 공부했던 모든 것을 쏟아 내는 과정은 엄청난 고난도의 기술이 필요하다. 이런 고난도의 기술을 뒷받침해 주려면 반드시 원인을 먼저 파악하고 스스로에게 맞는 공부법을 선택하는 자기주도 학습이 되어야 한다.

자기주도 학습의 기술

자기에게 부족한 부분을 찾았으면 목차를 중심으로 스스로 개념을
충분히 설명할 수 있는 수준이 되는 것을 목표로 공부해야 한다.
자신의 수준에 맞는 방법을 찾아내는 기술이 필요하다.

수능처럼 중요한 시험을 앞두고서도 유명 학원에 새로이 등록해서
수업을 듣는 아이들은 아마 대부분 하위 등급의 아이들일 것이다.
고3이 되어서도 학원에서 새로운 내용을 배우고 있다는 것은 이미
그해 입시는 포기해야 한다는 뜻이기도 하다. 최상위권의 아이들은
고3이 되면 학원에서 수업을 듣고 있을 시간이 없다. 그들도 학원을
다니기는 다니지만 유명한 학원이라고 해서 무작정 그 학원에 등록
하지는 않는다. 시간이 없는 그들은 시중에서 구하기 힘든 좋은 유
형의 문제들을 잘 만들어 내는 학원을 골라 다닌다. 심지어는 학원
수업은 들을 생각도 하지 않고 그 학원에서 자체적으로 제작한 고퀄
리티 문제집을 구하기 위해 학원을 등록하는 경우도 있다.

유튜브에서는 다양한 인강을 무료로 골라 들을 수 있다.

진짜 좋은 문제를 풀어 보려면 시중에 나와 있는 문제집으로는 한계가 있다. 많은 사람들로부터 좋은 평가를 받는 학원은 수능을 분석해서 유사 문제를 만들어 낸다. 시간이 없는 최상위권의 아이들은 그 문제들을 사서 혼자 풀어 본다. 그런 문제들은 본인의 약점을 보완해 주는 문제들이기 때문이다.

인강을 들더라도 실제로 자기가 필요해서 듣는 것은 5~10분밖에 안 된다. 50분짜리 강의를 50분 내내 듣고 있는 것은 어리석은 짓이다. 50분 강의 중에서 내가 필요한 5~10분을 찾아내서 듣고 이해하는 능력이 필요한데, 이런 능력은 오랜 시간 동안의 훈련을 통해 길러진다. 그렇게 하지 않으면 그 많은 공부량을 감당할 수가 없다. 결론적으로 **본인이 무엇에 강하고 무엇에 약한지를 알아야 한다는 것인데 이것이 자기주도 학습의 전부라고도 할 수 있다.**

그러니 아이가 자기의 미래가 안 보인다, 공부를 어떻게 해야 할지 모르겠다, 하고 고백하는 것은 아이러니하게도 본인의 실력을 대체로 정확히 파악한 것일 수도 있다. 노력만으로는 힘들다. 노력도 뭐가 보여야 할 수 있다. 공부를 잘하면 잘하는 대로 못하면 못하는 대로 그렇다.

그렇다면, 자기주도 학습의 핵심이라 할 수 있는 자기에 대한 파악은 어떻게 해야 할까? 자기가 무엇을 모르는지 어떻게 확인할 수 있을까? 우선 교과서의 목차를 빈 종이에 써 보도록 하자. 목차를 순서대로 쓸 수만 있어도 그 아이는 기본은 된 상태라 할 수 있다.

반대로 목차를 하나도 기억하지 못하는 아이는 아예 아무것도 모르는 것과 마찬가지이다.

목차를 떠올릴 수 있다면 다음에는 그 목차에 나오는 개념을 자세히 설명해 보도록 하라. 예를 들어 국어의 수사법 가운데 '비유법'에 대해 설명해 보라고 했을 때, '비교해서 설명하는 방법'이라는 수준의 설명이 나오면 안 된다. '비유법은 표현하려는 대상을 그것과 비슷한 다른 대상에 빗대어 표현하는 방법으로서 직유법, 은유법, 의인법, 활유법, 대유법, 풍유법 등이 있다' 정도로 설명할 수 있어야 하고 직유법은 '같이, 처럼, 듯, ~인 양 등을 사용하여 원관념을 보조관념에 직접적으로 연결하는 비유법'이라는 수준으로 설명할 수 있어야 한다. 개념 설명을 이런 수준으로 할 수 있다면 그 개념은 확실히 알고 있는 개념이라고 볼 수 있다. 이렇듯 스스로가 설명할 수 있어야 한다. 스스로 정확하게 설명하지 못하는 개념은 자기에게 맞는 방법으로 계속 공부를 해 나가야 한다.

90점 = 50점

중학교 때 받은 성적이 고등학교 때까지 이어지지는 않는다. 자기주도 학습에 따라 자신의 문제를 먼저 파악하고 개념을 충분히 이해해야 한다.

중학생인 아이가 90점의 성적을 받아 오면 부모나 아이나 모두가 기뻐한다. 조금만 더 하면 100점을 받고, 전교 1등을 하고, SKY 대학교에 충분히 진학할 수 있을 것처럼 생각된다. 반대로 50점의 성적을 받아 오면 하루 종일 우울하다. 아이 머리가 나쁜 걸까? 지금 다니는 학원에 문제가 있는 것은 아닌가? 인강을 바꿔 볼까? 온갖 생각으로 머리가 복잡해진다.

중학교 때 90점을 받는 아이들 가운데 지식 체계가 잘 갖춰진 일부 아이나 독해를 잘하는 상위권의 아이들은 고등학교에 진학해서도 계속 좋은 성적을 받을 수 있다. 그러나 중학교 때 90점을 받았든 50점을 받았든 대부분의 아이들은 고등학교에 진학하면 모두 50

점을 받게 된다.

중학교의 시험은 대부분 개념에 대한 단순 암기가 통한다. 그렇기 때문에 열심히만 공부하면 대체로 좋은 점수를 받을 수 있다. 하지만 고등학교에서는 중학교에서 배운 개념을 바탕으로 문제가 복잡하게 출제된다. 중학교 때 받은 성적은 크게 중요하지 않으며 고등학교 때는 성적의 격차가 거의 없어진다. 그렇기 때문에 90점 받았다고 잘난 체할 필요도 없고 50점 받았다고 낙담할 필요도 없다. 아이들은 자기가 받은 점수에 따라 일종의 점수서열제를 받아들이는 경향이 있다. 내가 50점을 받았는데 옆자리 친구가 90점을 받았으면 난 그 친구보다 공부를 못하는 아이라고 스스로 여기게 된다. 그러나 고등학생이 되면 그 차이는 거의 없다고 봐도 무방하다.

<중3 방정식 문제>
이차방정식 $x^2 - 3x + 1 = 0$의 한 근을 a라 할 때, $a^2 + 1/a^2$의 값을 구하여라.

<고1 방정식 문제>
두 점 A, B 사이의 거리가 20일 때, $P(A^2 - B^2) = 30$인 점 P의 자취는 선분 A, B를 m, n으로 내분하는 점을 지나고 선분 AB에 수직인 직선이라고 한다. 이때 상수 m, n의 합 $m + n$의 값을 구하시오. (단, m, n은 서로소)

위의 예시를 보자. 중3 방정식 문제는 단순히 공식 암기만 하면 되지만, 고1 방정식 문제는 피타고라스의 정리와 서로소에 대한 개념을 정확히 알고 있지 않으면 풀 수가 없다.

수학에 대한 중요한 사실

중2학년까지는 개념 이해를 중심으로,
중3학년 때는 심화 과정과 문제풀이를 많이 한다.
고1학년 때는 성실하기만 하면 되는데 그럼에도 불구하고
성적이 좋지 않은 아이는 문과를 선택하는 것이 유리하다.

다시 앞에 나왔던 중3 아이의 예로 돌아가 보자. 지금까지는 학원에서 가이드를 하는 대로 어찌어찌해서 좋은 성적을 받아 왔지만 점차 실력이 바닥을 드러내기 시작했고 더불어 지문 이해가 힘들어지기 시작했다. 중2까지의 수학은 방정식, 함수, 확률, 도형처럼 개별적인 개념별로 나눠졌다면, 3학년의 수학은 이 모든 것들의 종합적인 개념으로 문제를 풀어야 한다. 중3 수학 문제를 보면 문제 하나에 중1학년의 정수와 유리수 개념이 들어가 있고 중2학년의 방정식도 알아야 풀 수 있는 식의 복합적인 문제가 많이 출제된다. 그러다가 마지막에 피타고라스의 정리가 나온다. 피타고라스의 정리는 중학교 수학의 끝판 왕이라고도 볼 수 있다. 그러니 피타고라스 정리 문제

를 풀 수 있는 수준으로 각종 개념을 완벽하게 이해하고 있어야 다른 문제들도 풀 수 있는데, 그전에 배웠던 수학의 개념을 제대로 이해하지 못하고 막혀 있으니 막막하기만 하다.

중3이 되면 부모는 또 고등학교 수학을 선행해야 한다고 앞서 나간다. 미분, 적분도 미리 공부해야 한단다. 아이는 중학교 3학년 수학 과정도 제대로 따라가지 못하고 있는데 말이다. 일단 부모가 시키는 대로 학원도 다니고 인강도 열심히 듣고 자습서를 보면서 나름대로 열심히 공부를 해 보지만, 기초가 바닥인 아이들은 이내 나가떨어지고 만다. 총체적 난국이 되어 멘붕을 겪고 나면 중학교 수학을 처음부터 다시 해야겠다는 생각까지 하게 된다. 하지만 다시 중학교 수학을 공부하려 해도 고등학교 수학 공부와 병행해야 하기 때문에 어떻게 해야 할지 막막하기만 하다. 그러면 자연스럽게 수포자가 되어 수학을 보지 않는 입시를 선택할 수밖에 없게 되는데, 만약 아이가 수학을 처음부터 개념 이해를 중심으로 올바르게 공부해서 어느 정도만 성적을 내 줄 수 있었다면 대학 입시에서도 더욱 다양한 선택을 할 수 있었을 것이다.

아이들의 수학 성적이 가장 안 나오는 때는 고등학교 1학년 1학기 중간고사 때이다. 왜냐하면 이때는 중학교 전 과정을 범위로 한, 일명 '노가다 수학'의 최고봉이 출제되기 때문이다. KMC(한국수학경시대회) 상까지 받은 아이라 하더라도 중학교 수학의 개념을 정확하게 이해하지 못하고 있다면 내신 시험은 망칠 수밖에 없다. 이런 현상을 방지하려면 고등학교에 진학하기 전에 유명하거나 비싼 학원에 갈 필요 없이 스탑워치로 시간을 재면서 중학교 개념의 문제만 계속 반복하여 풀어 보는 것이 좋다. 중학교 수학은 이렇게 열심히 문제풀이를 하다 보면 개념이 자연스럽게 습득될 수 있다. 중1 때는 초등학교 때 배운 개념이 몰아서 나오고 고1 때는 중학교 때 배운 개념이 몰아서 나온다. 그러니 겨울방학을 잘 활용해서 중3 수학 심화 부분을 잘 공부하고 문제풀이를 열심히 연습하면 고등학교에서도 수학 공부를 계속 연장해 갈 수 있다. (사실 중3 심화 과정이 고1 수학보다 어렵다.) 고등학교 1학년까지는 성실하게 공부하는 것만으로도 충분하다. 이런 방법으로 수학에 대한 감각을 잘 유지한 아이들은 미적분을 공부하면서부터 성적이 제대로 나오기 시작할 것이다.

이과 학생들은 수학을 버릴 수 없지만 문과를 지망하는 학생들은 수학을 포기하고 싶은 욕망에 사로잡힌다. 그러나 문과는 버티면 된다. 3등급 이하로만 떨어지지 않고 1학년만 버티면 문·이과가 나뉘는 2학년 때부터는 1등급을 받을 수 있다. 중학교 때 수학 성적이 잘 안 나오던 아이는 이과보다는 문과로 가는 것이 좋다. 1등급을 받을 수 있기 때문이다. 1등급을 받아서 SKY 대학교에 진학하면 된다. 게다가 대학의 입시사정관은 성적 곡선의 변화를 보기 때문에 아이의 성적이 1학년에 비해 2학년 때 치고 올라올 경우에는 오히려 더 좋게 평가한다. 하지만 학습 부담을 줄이고 문·이과 융합형 인재를 양성한다는 목표로 개편된 대입제도에 따르면 2020~2022년의 수능 수학은 매년 출제 범위가 달라지기 때문에 혼선을 빚을 수밖에 없을 것이다. 수능이 바뀌면 학교에서의 교육 내용은 바뀔 수밖에 없다. 그렇지만 아직은 아무도 겪어 보지 않았기 때문에 입시에서 대학들이 이 부분을 어떻게 반영할지 섣불리 판단하기는 힘들다.

길다면 길고,
짧다면 엄청 짧은 방학

방학은 아이가 부족한 공부를 보충하거나 선행 학습을 통해
앞으로 해야 할 공부에 대해 미리 경험해 볼 수 있는 소중한 시간이다.
특히, 진학을 앞둔 방학은 시간적 여유와 마음의 각오를 바탕으로
마음 편하게 공부할 수 있는 황금 찬스이다.

아이들은 기말고사라는 힘든 관문을 통과하고 나면 신나는 방학을 맞이하게 된다. 기말고사의 성적이야 어떻든 상관없이 방학이 되면 게임도 실컷 하고 잠도 많이 자고 친구들과 신나게 놀겠다는 생각을 한다. 방학 때 공부를 열심히 해서 자신의 부족한 부분을 메우겠다고 다짐하는 아이는 안타깝게도 거의 없다. 반면, 부모들은 방학 때 아이들을 좀 더 공부시켜서 새 학기에는 더 나은 성적을 받도록 하고 싶어 한다. 그래서 방학 기간 동안 아이가 해야 할 공부와 학원 수업에 대한 이런저런 계획을 세우고 아이에게 약속을 받아 내기도 하지만 아이와 부모의 동상이몽은 대부분 아이의 승리로 끝나게 된다. 왜냐하면 생각보다 공부할 시간이 부족하기 때문이다.

방학식을 끝내고 돌아온 아이에게 당장 공부하라는 말은 그야말로 '우이독경(牛耳讀經)'이다. 연말연시라서 며칠 놀고 명절이라 며칠 놀고 가족과 여행 좀 다녀오고…… 그러고 나서 공부를 시작하려고 보면 어느새 방학은 며칠 남아 있질 않다. 남아 있는 방학 기간은 원래 계획했던 공부를 모두 하기엔 턱없이 부족한 시간이다. 그래서 무리하게 몰아서 공부를 하다 보면 금세 지치게 되고 이마저도 차일피일 미루다 보면 어느새 개학일이 된다. 이런 방학의 풍경이 반복되다 보면 아이나 부모나 방학 때 해야 할 공부에 대해 관대해지게 되고 소득 없는 시간만 계속 되풀이될 뿐이다. 게다가 요즘 방학 기간은 주5일 수업의 영향으로 주6일 수업을 받던 부모님 세대에 비해 많이 짧아졌다.

방학은 정말 중요하다. 특히 초등학교에서 중학교로 가기 전과 중학교에서 고등학교로 진학하기 전의 방학은 그야말로 황금 찬스라고 볼 수 있다. 기간적으로 여유가 있기도 하고 아이도 학교가 바뀌는 이 시점에 다시 공부를 해 보고자 하는 마음을 가지게 된다. 특목고로 진학하려는 아이들은 초등학교에서 중학교로 가기 전의 방학을 정말 잘 활용해야 하겠지만, 그렇지 않은 대부분의 아이들에게는 중학교에서 고등학교로 진학하기 전의 방학이 오히려 더 중요한 시기일 수 있다. 중학교에서 이미 여러 번의 어려운 시험도 치러봤고 나름 고등학교에 대한 걱정도 갖고 있기 때문이다. 잘해 보려

방학은 정말 중요하다. 방학 기간을 잘 활용하면 시간적인 여유를 갖고 공부를 재정립할 수 있다.

는 의욕도 가지게 되는데, 이 시기를 잘 활용하면 시간적인 여유를 갖고 공부를 재정립할 수도 있다. 아이의 상황에 따라서는 자신에게 부족한 부분을 메우거나 또는 선행 학습을 통해 앞으로 해야 할 공부를 미리 경험할 수 있는 소중한 시간이 바로 방학이다. 이렇게 중요한 방학을 얼렁뚱땅 그냥 흘려보내도록 해서는 안 된다.

　우선 방학 기간을 길게 설정하자. 일반적으로 방학 기간이라 하면 방학 날부터 개학 날까지라고 생각할 수 있는데, 사실 아이가 활용할 수 있는 자유로운 시간의 개념에서 보자면 기말고사가 끝난 이후부터 개학 후 1~2주까지를 모두 방학 기간이라고 볼 수 있다. 이들 기간에는 수업도 제대로 이뤄지지 않고 아이들은 몸만 왔다갔다 하는 정도에 지나지 않는다. 이런 시간까지 방학으로 간주하게 되면 계획했던 공부를 하는 데 시간이 모자라진 않을 것이다.

　노는 것도 영리하게 놀아야 한다. 계획 없이 놀기만 하면 리듬이 깨지기 마련이다. 놀지 말라는 것이 아니라 꾸준히 매일 해야 하는 공부는 반드시 하고 놀라는 것이다. 일주일을 신나게 놀고 나서 다시 공부하려고 하면 깨진 리듬을 다잡는 데 다시 일주일이 걸린다. 결국 2주일을 그냥 흘려보내게 된다. 하루 30분이라도 문제 하나라도 풀도록 해야 한다. 매일 조금씩 한다는 것이 쉬운 일은 아니지만 이런 것을 염두에 두고 방학을 보내야 한다.

TV는 공부에 방해가 된다?

"저 집 아빠는 집에서 항상 책을 본대. 아이도 아빠 따라서 책을 열심히 본대." 볼멘소리로 한두 번씩은 해 본 말일 겁니다. 주말이면 아이랑 같이 놀아 주기도 하고, 책도 같이 읽고 하면 좋으련만 남편은 피곤하다고 잠만 자고 TV를 껴안고 뒹굴거릴 뿐입니다. 그러니 아이도 아빠의 모습을 닮아서 집에서 게임만 하고 공부를 안 하는 것 같은 생각이 들죠.

그렇다고 해서 엄마라도 TV를 끄고 책을 읽느냐 하면 그것도 아닙니다. 저녁 먹고 재미있는 드라마를 보면서 하루의 피곤을 좀 풀어내려고 하지요. 드라마에 빠져들면서는 고생하는 주인공에게 마음이 쓰입니다. 생각 같아선 고생하는 주인공에게 위로의 말이라도 건네주고 싶죠. 하지만 이런 모습을 아이에게 들키면 오늘만 드라마를 보고 다음부터는 책 읽는 모습을 들켜서(?) 아이에게 모범을 보이리라 다짐하는 일상이 반복됩니다. 어떤 부모님은 이런 다짐을 도저히 지킬 수 없을 것 같아서 안방에만 TV를 설치하기도 하고 아예 TV를 사지 않기도 하죠. 과연 부모님이 책을 읽고 공부하는 모습을 보이면 아이도 따라서 책을 읽고 공부를 할까요?

사실 학습의 유전자는 굉장히 중요해요. 부모님으로부터 공부를 대하는 좋은 태도를 물려받은 아이들은 그냥 던져 놓아도 공부하게 됩니다. 이런 아이에게 수학 공부 그만하고 좀 쉬라고 하면 영어 공부를 시작합니다. 엄마, 아빠가 읽다가 툭 던져 놓은 책을 집요하게 파기도 합니다.

아무튼 이런 학습 유전자는 생물학적 DNA의 유전뿐만 아니라 집안 환경에 좌우되는 경우도 많습니다. 부모님이 항상 책을 가까이 하고 수준 높은 대화를 나누는 집과 매일 드라마나 예능에 빠져 TV를 끼고 사는 집 아이들의 학습 태도가 다른 것은 당연한 결과

누구일까요?

라 할 수 있을 것입니다. 그렇다면 부모님은 자신의 즐거움(?)을 포기한 채 오직 아이를 위해 집에서 책만 보고 살아야 하는 걸까요? 그렇게 할 자신은 없는데 그렇다고 아이를 그대로 내버려 둘 수도 없습니다. 이것은 많은 부모님들이 가지는 딜레마입니다.

사실 요즘 아이들에게 TV는 큰 의미를 가지지 않습니다.
TV는 부모님 세대에나 의미가 있을 뿐, 요즘 아이들은 TV보다 스마트폰을 더 많이 봅니다. SNS를 하고, 게임을 하고, 인터넷 검색을 하

이러면 좋을 텐데요.

는 것은 물론 유튜브의 1인 방송도 많이 봅니다. 최근에는 15초짜리 짧은 동영상만 올리는 '틱톡'이라는 스마트폰 앱도 큰 인기를 얻고 있지요. 이처럼 짧은 시간에 즉각적인 반응이 나오는 영상을 즐겨 보는 아이들은 대하 드라마와 같은 호흡이 긴 드라마를 싫어합니다.

역사적인 관점에서는 TV나 스마트폰에 대해 어떻게 생각해 볼 수 있을까요?

옛날에는 해가 떨어지고 난 후의 밤은 그야말로 지루하고 길었습니다. 지금처럼 TV가 있는 것도 아니고 야식을 시켜 먹을 수도 없었죠. 그 긴 시간의 지루함을 해소하기 위해 탄생한 것이 소설입니다. 즉, 소설의 탄생은 애초부터 킬링 타임용이었죠. 기사와 귀부인과의 사랑이야기 같은 내용의 소설은 요즘으로 따지자면 인기 웹툰이라고 할 수도 있겠죠? 그런 스토리를 읽으면서 상상을 하면 시간이 정말 잘 갑니다. 엄마들은 학생 시절에 로맨스 소설 같은 것을 읽으면서 밤을 지새워 본 경험들이 있지 않나요? 필자는 로맨스 소설은 잘 모르겠지만, 무협지를 읽으면서 가슴이 후련해지는 경험은 자주 했었습니다.

초기의 소설은 지금처럼 문학이라는 예술 분야로 인정받지 못했어요. 지금도 로맨스 소설을 문학 작품으로 인정하는 분위기는 아닌 것 같습니다. 우리가 잘 아는 셰익스피어도 사실은 소설가가 아니라 극작가입니다. 소설은 굉장히 저급한 장르였어요.

그러다가 중세가 끝나갈 무렵 근대소설의 효시가 된 『돈키호테』라는 불후의 명작이 탄생하면서부터 소설은 내용도 다양해지고 점점 예술의 한 분야를 만들어가게 됩니다. 19세기에는 빅토르 위고와 같은 대문호들이 탄생하면서 드디어 소설의 시대가 활짝 열립니다. 봇물 터지듯 쏟아져 나오는 소설들 가운데에는 여성이 쓴 소설이 사회적 이슈를 낳기도 했죠. 『오만과 편견』을 쓴 제인 오스틴의 이야기를 다룬 영화 '비커밍 제인(Becoming Jane)'을 보면 여자가 소설을 썼다고 해서 어떤 할아버지가 굉장히 못마땅해하는 내용도 나옵니다.

여러분이 본 막장 끝판왕은 어떤 드라마였나요? 필자에게 최고의 막장 드라마를 꼽으라면 주저하지 않고 『폭풍의 언덕』을 꼽겠습니다. 그 중심에는 남자 주인공인 히스클리프가 있습니다.

이 소설의 줄거리는 모두들 잘 아실 겁니다. 소설의 주인공인 히스클리프는 또 다른 주인공인 캐서린의 아버지가 데려다 키운 고아입니다. 히스클리프는 캐서린의 오빠인 힌들러로부터 증오와 학대를 받게 되고 결정적으로 캐서린에 대한 자신의 사랑이 부정당했다고 생각하는 순간 폭풍의 언덕을 떠나며 복수를 꿈꾸게 되죠. 자, 여기까지는 뭐 그럭저럭 이해해 줄만 합니다.

그런데 시간이 지나 『폭풍의 언덕』으로 돌아온 히스클리프의 복

정의로운 세상을 만들기 위해 내가 왔노라. 가자, 산초!!

수가 엄청납니다. 우선 자신을 학대한 힌들러를 도박으로 파멸시키고 그의 아들에게는 자신이 당한 학대를 되돌려 줍니다. 캐서린의 시누이와 결혼하여 아내를 학대하면서 캐서린의 신경을 계속 긁습니다. 심지어 자신의 아들마저도 복수의 도구로 사용하여 캐서린의 딸과 결혼시킵니다. 또, 캐서린 남편 집안의 재산까지도 자기 손에 넣게 되죠. 결국 주위의 모든 것, 자신이 진정으로 사랑했던 여인마저도 파멸로 몰아넣은 뒤엔 그녀의 무덤을 파헤치면서 울부짖다가 결국엔 자신도 쓸쓸한 죽음을 맞이합니다. 정말 막장 of 막장이죠.

스토커도 이런 스토커가 없어요. 캐서린 입장에서는 히스클리프 때문에 인생이 제대로 꼬이게 됩니다. 결국, 모두가 불행해진 채로 소설은 끝이 납니다.

그런데 이런 내용의 소설이 세계 100대 명작소설로 꼽힙니다. 어떻게 이런 막장 소설이 세계적으로 큰 인기를 끌게 되었을까요? 히스클리프의 말로 다할 수 없는 집착이 낭만주의 사조를 타고 감정의 폭발을 이끌어 낸 점은 정말 훌륭한 문학의 한 장면입니다. 네이버에서『폭풍의 언덕』을 검색해 보면 '황량한 자연을 배경으로 거칠고 악마적이라 할 인간의 애증을 서정적이면서 강력한 필치로 묘사하고 있으며, 모순과 혼동이 뒤섞인 인간 본성에 대한 깊이 있는 탐구가 돋보이는 작품이다'라고 소개되어 있어요.

막장과 명작의 구분은 바로 관점의 차이입니다. 같은 드라마, 같은 내용, 같은 인물을 보더라도 어떻게 해석할 수 있느냐에 따라 평가를 달리할 수 있기 때문입니다. 그래서 필자가 막장이라고 생각한『폭풍의 언덕』이 보는 관점에 따라서는 세계 100대 소설로 인정받기도 합니다.

광고 하나를 보더라도 다른 관점에서 볼 수 있습니다. 왜 광고 모델로 특정 인물이 등장하는지, 모델은 왜 저런 색의 옷을 입고 나왔는지 등등을 생각해 보는 것처럼 TV를 클래식한 관점으로 볼 수 있는 방법은 무궁무진합니다.

그런데 이렇게 다른 관점에서 볼 수 있는 능력을 어떻게 기를 수 있을까요? 정보의 바다라는 인터넷을 조금만 검색해 보세요. 웬만한 콘텐츠에는 그에 대한 다양한 관점을 담은 블로그나 글들이 넘쳐 납니다. 드라마의 경우엔 등장인물의 성격 분석만 찾아봐도 관점의 차이를 이야기할 수 있어요. 이 정도는 해야 TV를 보더라도 아이에게 해 줄 말이 생깁니다.

부모가 TV를 끄고 매일 점잖게 책 읽는 모습만 보이면 아이는 오히려 정색을 하고 이상하게 생각할 수도 있습니다. 차라리 함께 TV를 보고 이에 대해 토론을 해 보는 것이 낫습니다. TV 속 인물이나 상품에 대한 품평을 하고 각자가 생각하는 관점의 차이를 이야기해 보는 겁니다. 이렇게 하면 비판력을 기를 수 있습니다. 비판이란 사물의 가치와 의미를 분석하는 작업을 의미합니다.

비판력은 굉장히 중요합니다. 요즘 학교의 수업도 비판적 독해를 기본으로 합니다. 독후감보다 서평이 더 중요한 이유도 그러합니다. 독후감은 글의 줄거리와 자신의 감상을 간단하게 쓰는 것이지만, 서평은 이에 더불어 비판을 해야 합니다. 비판력을 기르면 사물을 눈에 보이는 그대로 보지 않게 됩니다. 왜 그렇게 되는지를 한 번 더 생각해 보게 됩니다.

필자는 '악마는 프라다를 입는다'라는 영화를 아내와 함께 보았습니다. 패션이 권력이 될 수 있다는 주제를 남자인 필자는 도저히 이해할 수가 없었는데 아내는 쉽게 공감을 하더군요. 그래서 아내와 함께 많은 이야기를 하고 자료도 찾아보고서야 비로소 이해할 수 있었습니다. 이렇듯 아이와 함께 TV를 보고 거기서 나온 내용에 대해 다양한 생각들을 나누게 된다면 아이의 시야도 많이 넓어질 것입니다.

아이들이 TV 때문에 공부에 방해를 받는 경우는 그다지 많지 않습니다. 오히려 핸드폰이나 인터넷 때문에 방해를 받는 경우가 훨씬 더 많지요. 그러니 부모님은 좋아하는 TV 프로그램을 부담 없이 보셔도 괜찮아요. 단, 아이와 함께 본다면 반드시 그 프로그램에 대한 관점의 차이에 대해 이야기를 나누세요. 드라마라면 등장인물의 감정, 이야기의 구조, 환경, 배경 등에 대해 얘기하시고, 예능이라면 출연자의 성격, 콘셉트 등에 대해 얘기를 나눠 보세요. 이렇게 하는 게 힘들 것 같나요? 이 정도도 안 하고 아이의 공부에 신경 쓴다고 할 순 없겠죠? 정답은 없습니다. 그냥 서로가 아는 만큼 얘기하고, 궁금해하고, 찾아보면 됩니다.

영화 '올드 보이'에서 평범한 직장인 오대수가 15년 동안 감금되었을 때 유일하게 허락된 것은 TV 시청입니다. 15년 동안 TV를 보면서 똑똑하고 강인한 인물로 변모하게 되죠. 보는 관점에 따라 TV는 바보상자가 아니라 지식상자가 될 수도 있습니다.

3장

강남 코디의 공부 전략

학년별 공부의 지향점

본격적인 학습이 시작되기 전인 어린 시절에는 공부에 대한 좋은 이미지를
갖도록 하는 것이 무엇보다 중요하다. 일단 공부가 시작되면 배우는
시간보다 몸으로 체득하기 위한 훈련에 더 많은 시간을 투자해야 한다.

필자는 앞서 공부에 대한 이해와 환경에 대해 언급하였다. 이제 이
러한 내용을 바탕으로 하여 내 아이의 학년에 맞는 공부 목표는 무
엇으로 해야 할지에 대해 소개하려 한다. 목표가 세워지고 나면 그
목표를 달성하기 위한 방법은 아이의 능력이나 상황에 맞게 적절하
게 선택하면 된다.

취학 전 어린아이

필자는 박물관을 자주 다니는 편인데, 가끔 어린이집이나 유치원
에 다닐 나이의 어린아이를 데리고 오는 엄마들을 볼 때가 있다. 아

이들이 넓은 공간을 신나게 뛰어다니며 재잘거리는 모습은 언제 봐도 미소를 짓게 만든다. 하지만 어떤 엄마들은 너무 교육적으로 아이들을 다루려 한다. 불상 앞에 아이를 세워 놓고 그 불상의 의미를 자기 딴에는 아이의 눈높이에 맞게 쉽게 설명한다. 준비해 간 태블릿을 꺼내 삼국 시대 지도를 보여 주며 역사적 사실을 전달하기도 한다. 그러면서 이러한 엄마의 정성이 아이에게 유용하게 작용할 것이라 기대한다. 하지만 이런 엄마의 노력은 아이들에게 '박물관은 지루한 곳'이라는 치명적인 이미지를 갖게 한다.

취학 전의 어린아이들에게 가장 중요한 공부 목표는 배움에 대한 좋은 기억, 즉 행복한 기억을 만들어 주는 것이다. 어디라도 좋다. 동네 놀이터에서 모래 놀이를 하며 즐거운 기억을 가지는 것이 열몇 시간 비행기를 타고 힘들게 찾아가는 대영박물관보다 더 낫다. 주말농장에서 상추 따고 양파 캐는 체험은 행복한 미션이다. 이 나이의 아이들은 지구 반대편까지 가서 마추픽추를 보고 와 봤자 커서는 기억도 못 한다. 유대인들은 어린아이가 보는 책에 꿀을 발라 놓는 경우도 있다고 한다. 책을 보면서 지식을 알아가는 과정이 꿀처럼 달콤하다는 것을 은연중에 알려 주기 위해서일 것이다.

박물관에서도 놀아야 한다. 그래서 박물관은 재미있는 곳이라는 기억이나 느낌을 갖게만 하면 대성공이다. 다만 부모는 아이가 다른 관람객의 감상을 방해하지 않도록 주의를 줘야 한다. 박물관을 즐거운 곳으로 인식한 아이는 역사를 배울 나이가 되면 자연스럽게 박물관을 찾아가고 스스로 공부한다. 하지만 박물관이 지루하게 설명만 들어야 하는 곳이라는 이미지를 가지게 되면 아이는 커서도 절대 박물관을 찾지 않게 된다. 미술관이나 과학관도 마찬가지이다.

초등 1, 2학년

초등 1, 2학년 때의 아이는 학교를 규칙적으로 다니기 시작하며, 선생님의 말귀를 알아들을 수 있어야 한다. 이때는 교과 과정에 따라 진행되는 학교생활에 자신의 시간을 잘 맞춰야 하는 굉장히 중요한 시기이다. 이 시기의 아이들에게는 학교에 대한 이미지를 좋게 가지게 하고 선생님과 친구와의 관계 설정에 집중하도록 하여 **학교는 신뢰할 수 있고 재미있는 곳이라는 이미지를 갖게 하는 것이 중요하다.** 그러기 위해서 부모는 아이의 학교생활에 방해되는 일은 만들지 말아야 한다. 제시간에 등교할 수 있도록 전날 밤에는 늦게까지 놀지 않도록 하거나 무리한 사교육을 시키지 않아야 한다. 체험 학습도 학교생활을 우선해야 하고 무리하게 체험 학습 시간을 만들어서는 안 된다.

초등 3, 4학년

이 시기부터 학습이 시작되는데, 선행 학습을 많이 한 아이들은 학교 생활이 시시하다고 느끼기도 한다. 선행을 하는 것이 나쁘진 않지만 학교에서의 학습을 시시하다, 유치하다, 쉬운 것만 배운다는 이미지로 남게 해선 안 된다.

또 이 시기부터 쓰기가 많이 진행되기 때문에 **국어 공부에 좀 더 많은 시간을 투자하는 것이 좋다.** 국어 공부는 책 읽기로 대표되는데, 학교생활의 좋은 이미지를 만들기 위해서라도 학교 도서관을 자주 이용하는 것도 좋다. 다음에 언급할 〈습관적 독서를 위한 훈련법〉을 참고하면 되겠다.

초등 5, 6학년

이 시기가 되면 아이들 간의 격차가 눈에 띄게 발생하기 시작한다. **중학교에서의 공부를 대비해서 기본기가 약한 아이는 빨리 기본기를 갖출 수 있도록 해야 한다.** 배우는 족족 스펀지처럼 지식을 빨아들이는 아이는 수준 높은 공부가 가능할 수 있으니 이 시기부터는 비문학 공부를 시작하는 것도 좋은 방법이다.

중등 1, 2학년

중학교부터는 과목별 공부가 시작되고 선생님도 과목별 선생님이 배정된다. **이 시기에는 과목별 개념 체계를 잘 잡아야 한다.** 그러기 위해서는 어휘 등의 기초 공부가 미리 돼 있어야 하는데, 사실 학교 공부는 교과서의 목차에 따라 진행하다 보면 학습 목표를 달성할 수 있도록 되어 있다.

그럼에도 불구하고 공부가 어렵게 느껴지는 여러 이유 가운데 하나는 학년마다 선생님이 다르고 시험 문제는 구석구석에서 발췌해서 짜깁기하기 때문이다. 이런 상황이 지속되면 전체 학년의 과목별 흐름을 하나로 연결해서 볼 수 있는 눈이 길러지지 않는다. 이럴 때는 자신의 수준에 맞는 교재를 선택하여 차례에 따라 전체적인 내용을 학습하는 것이 좋다.

자신에게 맞는 수준의 공부란 어느 정도를 말하는 것일까? 필자는 대략 70% 수준이라고 생각한다. 70% 정도를 이해하고 30% 정도를 이해하지 못했다면 자신의 수준에 맞는 공부이다. 90% 이상을 이해했다면 아이의 수준에 비해 너무 쉬운 공부이고 50% 정도라면 너무 어려운 공부이다. 문제집을 풀었을 때 70% 정도 맞는다면 자신의 수준에 맞는 문제집이라고 볼 수 있다. 이렇게 이해하지 못한 30%를 공부해서 전체 90%가량을 이해하게 된 후에 더 높은 수준의 공부로 넘어가면 된다.

또 이 시기부터는 더 이상 의미 없는 독서는 지양하고 더 늦기 전에 비문학 공부를 시작해야 한다. 비문학 공부는 지문을 읽고 그 지문이 무슨 상황을 이야기하는지 이해할 수 있어야 하고 이해한 내용을 이미지로 떠올릴 수 있는 훈련을 하도록 한다.

중등 3학년

중3 아이가 여유 있게 공부할 수 있는 시간은 최대 14개월이나 된다. 이것은 중2 겨울방학이 시작되는 1월부터 고등학교 생활이 시작되는 다음 해 3월 이전까지의 시간인데, 이 시간은 고등학생의 전체 방학 기간보다도 두 배 이상 길다. 고등학생의 방학이 하루하루 얼마나 소중한 것인가를 생각해 본다면, 이 기간을 어떻게 보내느냐에 따라 고등학교에 진학했을 때 상위권에 안착할 수도 있고 반대로 미끄러져 내려올 수도 있다. 특목고를 선택하지 않는 대부분의 아이에게 이 시기는 막판 역전을 가능하게 하는 시기이다. 고등학교에서는 중학교에서 배운 내용의 심화 과정을 배운다고 생각하면 크게 틀리지 않는다. **이 기간에는 아이의 수준에 따라 배운 내용을 다시 한번 공부하든지, 심화 과정을 예습하는 것이 좋다.**

축구로 비유하자면 취학 전은 공 놀이를 하는 시기이며, 초등학생은 근력이나 지구력과 같은 기초 체력을 기르는 시기이다. 중학생이 되면 드리블이나 패스와 같은 기술 훈련을 하게 되고, 고등학생은 실제 시합을 경험한다.

아이들은 상대하는 아이들과 부딪히면서 그동안 배운 드리블 등이 소용없다는 걸 바로 알게 된다. '이럴 땐 이렇게 하라'라고 배운 이론은 머릿속으로만 기능할 뿐이다. 그러니 시합에서 이기기 위해서는 배운 이론을 훈련을 통해 자동반사가 되도록 몸으로 체득해야 한다. '학교에서 배운 것이 사회에서는 아무 쓸모가 없더라'는 말은 학교 공부를 그만큼 몸으로 체득하지 못했다는 자기고백과 다름없다.

만약, 지나간 어린 시절에 이런 과정을 겪지 않았다고 해서 실망할 필요는 없다. "경로를 이탈하셨습니다. 경로를 새로 검색합니다"라는 자동차 내비게이션의 안내처럼 공부의 목표를 아이의 상황에 맞게 조정하면 된다. 어릴 때 3일 걸려 읽을 동화책은 커서는 30분이면 다 읽을 수 있다. 중학생이 초등학생용 책을 보자면 조금 부끄러울 수는 있겠지만, 그 과정을 거친 다음에야 다음 단계의 공부와 훈련을 감당할 수 있을 것이다.

아이들은 학교나 학원에서 단순히 '듣고 배운 것'을 '안다'라고 인식한다. '안다'라는 단어는 그 분야에서 어떤 문제가 나와도 갖고 놀 수 있는 수준이 되어야 쓸 수 있다. 단순히 들어 본 정도의 수준으로는 그 단어를 쓸 수 없다. **공부를 해서 '안다'라는 표현을 쓰기 위해서는 배우는 것보다 훈련에 훨씬 더 많은 시간을 투자해야 한다.** 학년이 올라갈수록 훈련이 더 중요해진다. 공부의 범위가 넓어지고 심화되면서 머리로 이해한 것을 훈련을 통해 자기 것으로 체득하지 않으면 금세 잊어버리기 때문이다.

공부는 종합 예술이다

공부를 잘하려면 공부 이외에도
감정 조절, 체력 관리, 컨디션 관리를 다 잘해야 한다.

공부를 잘하기 위해서는 공부만 잘해선 안 된다. 앞뒤가 안 맞는 말 같지만 이 말은 사실이다. 왜냐하면 공부는 아이의 모든 것이 종합적으로 맞춰져야만 장기적이고 안정적으로 진행할 수 있기 때문이다.

1주일 뒤에 시험이 있다고 가정해 보자. 그런데 아이가 감기에 걸려 콜록거린다. 이럴 때는 어떻게 해야 할까? 부모 세대에서는 '하면 된다'라든가 '정신이 육체를 지배한다'와 같은 군대식 경구가 통할 수 있었다. 그렇기 때문에 아무리 몸이 아파도 끝까지 책상에 앉아 정신을 집중하여 공부했었다. 그렇게 공부를 해서 치른 시험에서 비록 좋지 않은 결과가 나오더라도 시험을 준비하는 과정에서 보여 준

위대한 정신력만큼은 큰 칭찬을 받았다.

이후 시대가 바뀌면서 '하면 된다'는 '되면 한다'로, '정신이 육체를 지배한다'는 '육체가 정신을 지배한다'로 바뀌게 된다. 힘들고 어렵게 공부해 봤자 이해가 안 되는 것은 마찬가지고 결과적으로 성적이 나쁘게 나오면 더 맥 빠지고 다음부터는 더 공부를 하기 싫은 게 요즘 아이들이다. 몸이 아픈데도 시험을 대비한 공부를 억지로 해야 하고 그 결과가 나쁘게 나오면 아이들은 더 낙담하고 좌절하게 된다.

시험을 앞두고 아이가 아플 때는 차라리 푹 쉬면서 최대한 빨리 회복할 수 있도록 하는 것이 좋다. 그렇게 하려면 평소에 쉬는 것도 연습해야 한다. 어떻게 쉬는 것이 아이의 컨디션 회복에 가장 적합한 것인지를 미리 파악해야 한다. 그렇지만 이보다 더 좋은 방법은 시험을 앞두고는 아프지 않도록 평소에 컨디션 관리를 철저히 하는 것이다. 아이들은 실제로 아픈 경우도 있겠지만 시험을 앞두고 느끼는 불안감, 도망치고 싶은 마음, 해야 할 공부에 대한 부담감 같은 것들이 작용하여 몸이 아픈 경우도 많이 있다. 그렇기 때문에 이런 심리적인 감정을 조절하는 것도 평소에 공부 못지않게 중요하게 다루어야 한다.

체력 관리도 당연히 중요하다. 미국에 유학 간 한국 학생들은 현지 학생들의 엄청난 체력에 놀라는 경우가 많은데 미국 학생들은 시험 기간이 되면 며칠씩 밤을 새며 공부한다. 평소에 운동을 통해, 또

섭취하는 음식을 통해 체력을 길러 놓기 때문에 가능한 일이다. 한국 학생들은 체력이 모자라서 그 엄청난 공부량을 감당할 수 없는 경우가 많이 있다. 체력을 기르기 위해서도 역시 아이들의 상태와 상황에 맞는 적절한 운동과 섭식을 선택하여 진행해야 한다.

감정이나 체력 관리 못지않게 중요한 것이 컨디션 조절이다. 대부분의 아이들은 시험이 코앞으로 다가오면 갑자기 공부하기 싫어지는데 그 이유는 시험이 주는 중압감 때문이다. 이런 중압감에 '하면 된다'는 식의 정신력으로 맞서다간 백전백패가 당연하다. 그 대신 평소에 잠은 얼마나 자는 것이 좋은지, 어느 시간에 공부가 잘 되는지 등 자신에 대해 파악해 놓으면 컨디션 조절에 큰 도움이 된다.

공부를 잘하려면 공부 이외에도 감정 조절, 체력 관리, 컨디션 관리를 다 잘해야 하기 때문에 공부는 종합 예술이다. 이렇게까지 유난스럽게 해야 하나 생각할 수도 있지만 이건 유난스러운 것이 아니라 당연히 해야 하는 것이다. 당연히 해야 하는 것을 하지 못했기 때문에 시험만 앞두면 아이가 아프거나 거짓말하거나 허둥거리게 된다. 이러한 아이들의 공부 외적인 관리는 1차적으로 부모의 책임이 되기 때문에 성적 1점을 더 올리기 위한 학원을 찾아보기 전에 이런 것들을 먼저 되돌아보길 간곡히 권한다.

습관적 독서를 위한 훈련법

몇 권의 책을 읽었느냐보다
몇 권의 책을 이해했느냐가 더 중요하다.

독서에 익숙하지 않은 아이에게 책 읽는 습관을 들이는 것은 여간 어려운 게 아니다. 이렇게 한번 해 보면 어떨까?

Step 1. 도서관에 가서 마음에 드는 분야의 한 서가에서 책의 제목만 본 후 인상 깊은 제목의 책 3권을 빌려 온다. 빌려 온 책을 안 읽어도 된다. 단, 그 책을 선정한 이유는 분명히 밝힐 수 있어야 한다. '그냥 제목이 마음에 들어서' 이런 건 안 되고 명확한 이유나 논리가 있어야 한다.

Step 2. 빌려 온 책 중에서 한 권을 선택하고 목차를 본 후, 읽고 싶은 부분만 읽는다. 그 후에는 읽은 부분이 무슨 내용인지를 말로 요약해서 설명해 본다.

Step 3. 이 방법이 익숙해지면 그 부분에 대해 감상을 쓴다. 이렇게 하면 책을 선택한 동기, 줄거리, 느낀 점을 다 써 보게 된다.

독서를 권하면서 부모들이 가장 실수하는 부분은 아이들에게 책 전체를 읽게 하고, 내용을 전부 이해하도록 하려는 생각이다. 독서할 때 책 전체를 무조건 다 읽어야 한다는 인식을 버려야 한다. 전체를 다 봐야 하는 책도 있지만 일부만 읽어도 되는 책도 많다.

책을 읽다 보면 다양한 이유로 더 이상 읽기 싫어질 수 있다. 또 아이가 제목에 이끌려 책을 선택했기 때문에 아이의 수준에 비해 높은 수준의 책을 선택했을 수도 있다. 그리고 자기가 기대하는 내용이 아닐 수도 있고, 다른 일 때문에 독서를 못할 수도 있다. 1년에 몇 권의 책을 읽었느냐에 관심을 두지 말고 몇 권의 책을 이해했느냐에 집중하는 것이 바람직하다.

자기가 혼자 읽을 책이 있기도 하지만 어떤 책은 다른 사람에게 먼저 배워 그 배경을 알아야 보이는 책도 있다. **무작정 많이 읽기만 하는 독서는 오히려 독이 될 수도 있다.** 저자가 무슨 생각으로 그 글을 썼는지를 파악하는 것이 핵심이다. 그래서 독후감보다는 서평이 더욱 중요하다. 르네상스에 대해서 수십 권의 책을 읽어도 그 배경의 사상을 알지 못하면 이해하기 어려운 것과 마찬가지이다.

책 자체가 귀했던 시절은 이미 지나갔고, 정보가 넘치는 지금은 수많은 정보 가운데서 내가 필요로 하는 정보를 골라내어 빠르게 이해하는 능력을 키우는 것이 더 중요하다는 것을 명심하자.

개념을 이해해야 점수가 나온다

요즘의 시험에서는 어려운 개념이 나오는 경우는 별로 없다.
대신 복합적인 개념을 도입하여 변별력을 갖추려 한다.
그러니 각각의 개념에 대해 완벽하게 이해하고 있어야 한다.

부모 세대 때 50점을 받던 아이는 그냥 공부를 못하는 아이였다고
볼 수 있다. 공부를 게을리한 것이 가장 큰 원인이었을 것이다. 당시
에는 시간을 투자하여 무조건 암기만 하면 좋은 점수를 받을 수 있
었다. 제한된 시간 내에 암기한 내용을 기계적으로 쏟아 내기만 하
면 됐다.

하지만 아이들 세대의 50점은 다르다. 아무리 시간을 투자했어도
아무리 암기를 많이 했어도 아무리 학원을 많이 다녔어도 개념을
정확하게 이해하지 못하면 좋은 점수가 나올 수가 없다. 그래서 과
거의 교과서는 문제풀이가 우선이었지만 요즘의 자습서엔 항상 개
념 설명이 먼저 등장한다.

그렇다고 개념의 수준이 깊어진 건 절대 아니다. 요즘 문제는 변별력을 주기 위해 여러 가지 개념을 복잡하게 섞어 놓은 것이 특징이다. 몇 가지 개념을 섞어서 내놓기 때문에 각각의 개념을 완벽하게 이해하지 못하면 문제를 풀 수가 없다. 한 문제에 5개의 선택지가 나오는데, 선택지마다 개념이 2개씩만 들어가도 10개의 개념을 이해해야 한다. 게다가 선택지를 ① ㄱ, ㄴ ② ㄱ, ㄴ, ㄹ ③ ㄴ, ㄷ, ㄹ 이런 식으로 조합하는 문제가 많기 때문에 개념을 정확하게 이해하지 못하면 문제를 푸는 데 시간이 더 많이 필요하게 된다. **그래서 개념에 대한 완벽한 이해가 되어 있지 않으면 문제를 풀 시간이 부족하게 되고, 그래서 빨리 읽다 보면 실수가 나오게 된다.**

그리고 문제를 보자마자 기계적으로 풀 수 있는 수준이 되지 않으면 안 된다. 중학교에서는 어려운 개념을 사용하는 것은 아니지만 변별력을 주기 위해 문제에 개념을 더 많이 넣는다. 20문제라고 해서 개념이 20개가 아닌 것이다.

그러다가 고등학교에 진학하면 유비추론 등의 어려운 개념이 등장하고 공부할 양 자체가 엄청나게 늘어나면서 엎친 데 덮친 격이 된다. 개념을 먼저 충분히 이해하지 않으면 아무리 공부를 열심히 한다고 한들 시험에서는 반타작도 하기 힘들다.

개념을 완벽하게 이해하는 방법

선생님의 설명에만 의존하지 마라.
모든 개념은 교과서에 자세히 설명되어 있다.
교과서와 문제 해설지를 함께 보면서 스스로 이해하는 과정을 통해
개념을 완벽하게 자기 것으로 만들 수 있다.

시험 공부를 하면서 어려운 문제집을 풀어 보면 처음 풀 때는 문제가 보이지 않는다. 무엇을 묻는 것인지조차 이해가 잘 안 된다. 두 번째 풀어 보면 선택지가 뜻하는 것이 무엇인지 보이기 시작한다. 세 번째 풀면 정답으로 생각되는 선택지가 2개 정도로 압축이 되는 수준이 된다. 이 정도 수준은 만든 후에 필요에 따라 시험대비 학원을 다니는 것이 좋다. 하지만 이때도 학원 선택은 신중하게 잘해야 한다. 어떤 학원은 특정 학교만 공략한다. 기출문제를 구해 놓고 계속 그 문제만 풀게 한다. 그렇지만 어떤 학교 선생님은 계속 문제를 바꾸어서 출제하기 때문에 이런 학원의 전략이 쉽게 먹히지 않기도 한다. 결국 개념을 정확하게 이해하지 못하고 비문학 독해가 되지 않으

면 근본적인 해결이 안 된다. 반대로 개념을 똑바로 이해하고 비문학 독해가 되면 시험 성적은 분명히 잘 나온다.

가장 이상적인 학습법은 책을 보고 개념을 이해할 수 있는 것이다. 문제가 풀리지 않으면 해답을 보고 그것을 이해할 수준까지 파악한다. 그 정도 수준이 안 되면 어떤 학원이나 과외도 의미가 없다. 그래서 좋은 문제집은 해설이 문제보다 훨씬 더 두껍게 양도 많고 자세히 설명되어 있다. 그런데 아이들은 학원을 다니면서 이런 책은 제대로 활용을 안 한다. 학원 선생님들이 다 해설해 주기 때문이다. 선생님의 해설을 들어서 배우니 본인의 독해력은 증진되질 않는다. 실제로 해설집을 옆에 두고 읽어 봐도 그 해설의 내용을 제대로 이해할 수 없다면 기본 개념부터 알지 못하는 것이라고 봐도 된다. 이 경우에는 기본 개념 강의를 듣거나 교과서를 공부해서 그 개념에 대해 완벽하게 이해해야 한다.

아이들은 모르는 것이 있으면 선생님에게 물어본다. 그렇지만 선생님에게 직접 물어보는 것은 별로 효과가 없다. 선생님이 설명해 주는 것을 개념과 비교해서 이해하려 하지도 않고 본인의 개념으로 장착하지도 않기 때문이다. 심지어는 같은 개념의 문제를 다섯 번씩 묻는 아이들도 있다. 차라리 혼자서 문제를 다시 한 번 보거나 해설지를 두 번 세 번 읽어 보는 편이 더 확실한 방법이다. 교과서에 나오는 문제가 아니라고 항변하는 아이에게 교과서의 개념설명 부분을 두세 번 읽게 한 뒤에 다시 문제를 풀어 보라고 하면 '아~~' 소리가 나온다. 그래도 이해를 못 하는 아이는 어휘력의 문제도 함께 갖고 있다고 볼 수 있다. 교과서에서 모르는 어휘를 모두 찾아보라고 해 보라. 우리 아이가 이런 어휘도 모른단 말인가 하고 깜짝 놀랄 것이다.

선생님의 설명을 들으면 일단은 시원하다. 다 아는 것 같고 이 정도 하면 정말 다 해결된 것처럼 느껴진다. 그러다가 시험을 보면 결국은 틀린다. 학원도 다니고 인강도 들었고 선생님의 설명도 충분히 들었음에도 불구하고 완벽한 개념 이해가 되어 있지 않으면 시험 시간이 부족하게 되고, 시간이 부족하면 당황해서 틀린 답을 고르게 된다.

공부를 망치지 않으려면 시험 기간이 아닌 평소에도 꾸준히 공부하면서 감각을 유지해야 한다. 아이들은 부모의 생각보다 훨씬 빨리 잊어버리는데 특히 수학의 경우는 돌아서면 전광석화처럼 잊는다. 그러니 조금씩이라도 매일 공부해야 한다. 또 인강과 학원은 꼭 필요한 부분만 듣도록 한다. 돈 낸 것이 아까워서 50분 수업을 50분 다 듣고 있을 필요는 없다. 자신에게 필요한 인강이나 학원을 찾아다니는 것도 스스로 노력하는 법을 익히게 해 준다. 자신에게 필요한 강의는 개념에 대한 철저한 이해를 할 수 있게 해 줘야 하고, 과목마다 필요한 기본 능력을 키울 수 있는 것으로 선택하도록 한다.

시험이 끝나면 곧바로
문제를 분석해야 한다

시험의 모든 문제와 선택지의 개념은 이미 자습서에 다 나와 있다.
시험문제 출제의 원리는 자습서에 나와 있는 개념에서 단어를 바꾸거나
논리를 비논리로 바꾸는 방식이다.

시험이 끝나면 곧바로 시험 문제를 분석해 봐야 한다. 자습서를 꺼내 들고 시험에 나왔던 선택지를 전부 다 찾아보라. 놀라운 일이 일어날 것이다. 자습서에 없는 것이 없다. 모든 문제와 선택지가 자습서에 다 있다. 국어는 물론이고 심지어는 수학이나 과학까지도 자습서에 다 나와 있다. 자습서 구석구석에 이런 것이 있는 줄 미처 몰랐다는 얘기가 많이 나올 것이다.

사실 이런 분석이야말로 특히 중학생에게는 가장 중요한 공부 과정이라고 할 수 있다. **어쩌면 시험 전에 공부하는 과정보다 시험이 끝난 후에 분석하는 과정이 몇 배 더 중요하다.** 이런 분석을 중학교 3년 내내 하면 분석의 대왕이 될 수 있다. 또, 고등학생이 되어서

는 없던 눈치도 생기고, '감(勘,헤아릴 감)'까지 형성되어 문제를 유추해 보거나 선생님의 성향을 파악할 수 있게 되기도 한다.

　시험 문제를 내는 원리는 크게 봐서 두 가지라 할 수 있다. 자습서에 나와 있는 단어를 그대로 쓰면서 논리를 바꾸거나, 논리는 그대로 쓰면서 단어를 다른 어휘로 바꾸는 것이다.

　예를 들어 한국사 시험에서 '다음에서 조선 초기의 회화가 아닌 것은?'이라는 문제가 나왔다고 하자. 그런데 선택지로 나온 그림으로 '안견의 몽유도원도', '신윤복의 미인도' 이런 식으로 나오지 않는다. 대신 '저울로 쌀의 무게를 재고 있다', '고구마를 경작하는 농부'를 그린 그림이 나온다. 이 문제를 풀려면 조선 초기에 도량형의 기준이 확립되었다는 사실을 알아야 하고, 고구마는 임진왜란 이후 일본을 통해 유입되었다는 사실을 알아야 풀 수 있다. 도량형과 고구마라는 단어는 자습서에 나와 있는 그대로 쓰면서 '조선 초기 회화'라는 논리를 내세운 것이다.

　시험이 막 끝나고 아직 공부한 것이 기억에 남아 있을 때 이런 분석 작업을 해야 한다. 공부를 조금만 더 했더라면 만점을 받을 수 있었을 것 같은 아쉬운 느낌이 남아 있을 때 해야 분석 작업에 더 집중할 수 있다. **이런 분석 작업을 통해 개념에 대한 이해도를 높일 수 있는 것은 물론, 문제가 어떤 식으로 출제되고 어떤 식으로**

읽어야 하는지 그 방법도 알게 된다. 시험에 대한 이해도를 높이게 되면 자연스럽게 다음 시험에는 어떻게 대비해야 하는지 답을 찾을 수 있다.

공부도 전략을 세워야 한다

공부의 전략은 자기주도 학습과도 연결된다.
자기상황 파악, 시간 관리, 컨디션 조절 등에 대한 전략을 세우고
매일 꾸준히 실천하면 성적 향상은 물론 사회적 성공도 기대할 수 있다.

고등학교에 들어가면 공부도 전략적으로 해야 한다. 책으로 해결할 수 있다고 판단되는 과목은 열심히 책을 보고 이해해야 한다. 학교 수업을 충실히 들으면 해결된다고 생각하는 과목은 학교 수업에 미친 듯이 매달려야 한다. 학교에서의 수업이 자신의 공부에 도움이 되지 않는다면, 극단적으로 말해 수업 시간에 자도 된다. 차라리 쉬든지 교과서를 읽든지 하는 것도 좋고, 선생님이 학생들의 이런 행동을 신경 쓰지 않는다면 다른 교과를 공부하는 것도 괜찮은 방법이다.

과거에는 사실 벡터나 삼각함수 등 선생님의 강의가 무조건 필요한 과정이 몇 가지 있긴 했다. 이 부분은 책만 봐선 도저히 이해할

수 없었고 선생님의 수업을 들어야만 개념을 이해할 수 있었다. 그 분야의 전문 선생님은 어려운 문제를 어떻게 이해하고 풀어야 하는지를 가르쳐 주었고, 그 선생님의 수업을 듣지 않으면 문제를 풀 수 없는 경우가 대부분이었다. 다행인지 모르겠지만 요즘 개정된 교과에는 이런 부분이 모두 빠졌다. 그래서 예전에는 반드시 전문 선생님에게 수업을 들어야만 이해할 수 있었던 과정들을 더 이상 공부할 필요가 없게 되었다. 지금은 사교육이 필요한 과목은 모두 빠졌다고도 볼 수 있다.

문과 수학은 비싼 학원에 다닐 필요가 없고 사실 비문학 독해만 할 수 있으면 대부분 해결된다. 수학적인 변별력이 있는 문제는 두세 문제 정도만 나온다. 이런 몇몇 문제만 수학적 사고가 필요하고 나머지는 정확하게 읽어서 논리대로만 풀면 아무 문제가 없다. 훈련만 하면 된다. 그래서 문과 수학은 노력으로 대부분 가능하다.

하지만 이과 수학은 다른 세계다. 교과 과정이 개정되면서 앞서 언급한 어려운 내용들이 다 빠졌기 때문에 변별력을 주기 위해서는 문제를 꼬아서 낼 수밖에 없다. 벡터처럼 타고난 영재들이 풀 수 있는 문제들은 없어진 반면 부단한 훈련을 거쳐야만 풀 수 있는 문제로 대체된 것이다. 즉, 종합적인 추론이 가능한 문제로 대체되었다고 할 수 있다. 여기에는 선생님이 해 줄 수 있는 부분이 아주 적거나 거의 없다. 그러니 스스로 본인의 상황과 성향을 파악해서 '인강에서 이 부분만 보겠다', '선생님께 이 부분에 대한 개념 설명을 부탁해야겠다'고 주도적인 학습 계획을 세우고 실행하는 아이들만이 시험 시간 내에 문제를 풀 수 있다.

이런 학생들은 사회에 나가서 성공할 확률이 과거와는 비교가 안 되게 높다. 자기 상황 파악도 해야 하고, 컨디션도 조절해야 하고, 과목별로 전략도 달리 해야 하고, 종합적인 시간 관리도 해야 하는 과정을 겪어 왔기 때문이다.

공부 잘하는 아이들이 집중해서 10분이면 할 수 있는 공부를 공부 못하는 아이들은 2시간을 해도 못 한다. 어쩔 수 없다. 그게 현실이다. 왜냐하면 공부하는 습관에는 앉아 있는 훈련도 포함돼 있기 때문이다. 처음에는 성과가 미미하더라도 앉아 있는 습관부터 시작해야 한다. 그렇기 때문에 초등학교 저학년 때에는 과외에 돈을 많이 쓸 필요가 없다. 그냥 앉아 있는 습관만 훈련하면 된다. 좋은 선생님을 굳이 찾아다니고 어쩌고 할 필요가 없다는 것이다.

많든 적든 자신에게 맞는 공부량을 정해서 계획을 세우고 실천해 보자. 단, 반드시 매일 꾸준히 해야 하고 계획에서 정한 공부량을 지켜야 한다. 시험 2주전부터는 시험에 대한 공부 계획을 세우고 그대로 실천한다. 시험이 끝나면 앞서 얘기한 것처럼 분석 과정을 거치도록 한다. 이렇게만 꾸준히 해도 과목별 기본기를 형성하는 것은 물론 90점 이상, A등급은 충분히 받을 수 있다.

과외 활용법

과외에 너무 많은 것을 기대하지 마라.
그리고 필요한 것을 구체적으로 요청하라.

아이가 학원 가기를 거부하거나, 반대로 본인이 희망한다는 이유로 과외를 이용하려는 부모들이 있다. 그러면서 명문대생이 1:1로 가르쳐 주면 성적이 오를 것으로 기대한다. 하지만 과외 선생에게 너무 많은 것을 기대하진 마시라.

과외를 붙이면 아이 스스로 하는 공부량은 굉장히 많이 줄어들 수밖에 없다. 학원을 보내려니 구멍이 나겠고 과외를 쓰려니 공부량이 줄어드는 총체적 난국이 생긴다. 그렇다면 우선 과외 선생에게 지나간 학년의 수업 내용에 대한 개념 정리부터 다시 한 번 리뷰해 줄 것을 요청하라. 수학의 경우에 『수학의 정석』을 교재로 쓴다면 〈기본정석〉이 아닌 〈실력정석〉을 보는 것이 좋다. 〈기본정석〉은 개념이 좀 얕기 때문에 〈실력정석〉을 통해 개념을 구체적으로 다지는 것이 좋다. 물론 아이의 수준에 맞춰서 교재를 선택하는 것이 더 중요하다.

다음으로는 과외 선생에게 아이가 매일 두세 시간씩 공부할 수 있는, 문제만 풀 수 있는 공부량을 제공토록 요청하라. 이 시간에는 인강을 보거나 설명을 듣거나 하는 시간은 제외다. 오직 문제만 풀 수 있는 두세 시간의 공부량을 요구하라. 상위권 아이들은 이런 식으로 대여섯 시간씩 한다. 그걸 못 하면 과외는 하나 마나다. 특히 중학교 수학은 문제를 많이 풀어 보면 개념은 충분히 이해할 수 있도록 되어 있다.

그리고 아이의 질문에 바로 해답을 가르쳐 주지 말라고 요청하라. 한 번 더 풀어 보라고 하든지, 해설을 보여 주든지, 개념을 다시 가르쳐 주든지 해서 아이 스스로 그 문제와 개념을 인지토록 하는 것이 중요하다. 이것은 과외 선생 입장에서는 무척 귀찮은 작업이다. 하지만 아이의 독해력을 증진시키도록 하기 위해서 이 작업은 필수적으로 해야 한다. 부모가 요청하지 않으면 과외 선생은 절대로 이렇게 하지 않는다. 하지만 이렇게 하지 않는 과외는 그냥 돈을 버리는 짓이다.

마지막으로, 반드시 30분 정도는 테스트 시간을 가지도록 하라. 본인의 상태를 정확하게 알려면 테스트를 해 봐야 한다. 과목에 따라 또는 아이의 수준이나 성향에 따라 먼저 테스트를 해 본 후에 과외 수업을 하는 것도 좋다. 테스트를 통해 아이의 약점을 파악하고 그 약점을 우선 공략하는 방법으로 공부하는 것도 효율적일 수 있다.

　대부분의 과외 선생은 개념에 대해 설명하고 문제를 풀어 준다. 아이가 틀린 문제는 과외 선생 본인이 다시 푸는 과정을 보여 주면서 친절하게 설명한다. 아이는 설명을 들으면서 그 개념과 문제에 대해 충분히 이해했다고 생각하지만 착각이다. 과외가 끝나고 혼자 풀어 보았을 때도 막힘없이 풀 수 있어야 제대로 배운 것이다.

내 아이를 속여라

아이에게 부모가 제공하는 혜택의 한계를 명확하게 해야 한다.
자신의 삶을 부모에게 기댈 수 없다고 느끼게 되면
아이는 스스로 공부하게 된다.

부모들 중에는 아이가 공부 스트레스에서 잠시나마 해방되길 바라는 마음에 '우리 집 재산이 넉넉하니 꼭 1등하지 않아도 먹고사는데 지장은 없다. 맘 편하게 공부하라'는 식으로 얘기하는 부모가 있다. 그러나 아이에게는 절대로 비빌 언덕을 만들어 주면 안 된다. 아이가 이것을 인지하는 순간 자신이 공부를 해야 할 이유가 사라진다. 공부가 얼마나 힘든데, 공부를 안 해도 먹고 살 수 있는데도 공부하는 아이는 드물다. 상황 파악이 빠른 아이들일수록 공부를 빨리 놓아 버리고 이 험한 길을 절대로 가지 않으려 한다. 내 길이 아니라고 생각한다. 그래서 역설적으로 약간 모자라는 아이들이 공부를 잘한다. 머리가 뛰어나서 잘하는 것이 아니라 사태 파악이 안 돼서 공부하는 것이다. 특히 수학을 잘하는 아이들이 굉장히 단순한 경우가 많다. 시키면 시키는 대로 하는 아이들이다.

부모의 재산, 심지어는 조부모의 유산까지도 파악하고 자신의 위치를 가늠하고 있는 아이들이 요즘의 세대이다. 어른들은 자신이 일하지 않으면 가족들의 생활에 지장이 생기니까 어쩔 수 없이 일하지만, 아이들은 아침에 일어나면 밥이 차려져 있고 학교에 가면 선생님이 알아서 가르쳐 준다. 아이는 자신이 일하지 않아도 편하게 살고 있는 지금의 상황에 안주하려 하고 이런 상황이 평생토록 지속될 것이라 생각한다. 이런 아이들은 공부를 할 이유가 없다. 어떻게 해야 할까?

관건은 부모가 아이를 얼마나 잘 속일 수 있느냐에 달렸다. "우리는 너를 대학교까지만 가르쳐 줄 수 있고 그 뒤로는 네가 알아서 먹고살 길을 찾아야 한다"는 요구를 지속적으로 세뇌시킬 수 있다면 성공이다. 그게 되지 않으면 공부와 관련된 그 모든 화려한 테크닉이나 지식은 아무 소용이 없다. 그래서 가장 공부시키기 어려운 아이들이 건물주의 아이들이다. 아이들이 나쁜 게 아니다. 아이들은 원래 다 그렇다.

아이의 앞날에 부모의 후광을 기대하지 말라는 내용을 조용히, 진지하게, 지속적으로 시그널을 줘 보라. 자신이 공부를 못해도 부모가 어떻게든 수습해 줄 것이라 기대하던 아이가 오랜 동안 계속적이고 일관된 시그널을 받게 되고 부모에게 자신의 미래를 기댈 수 없다는 사실을 진짜로 느끼는 순간 아이는 공부하게 된다. 어떻게든 한다. 인간은 늘 그랬듯이 어려움에 직면하면 답을 찾아 나선다.

인간의 역사는 생존의 역사다. 영화 '인터스텔라'처럼 상황이 극단으로 치달으면 사람들은 생존하기 위해 별별 수단과 방법을 모두 동원한다. 이런 관점에서 보자면 어떤 정신병도 일종의 생존 전략이라고 볼 수 있다. 함부로 얘기할 수 있는 것은 아니지만, 죽을 만큼 힘든데 겁이 나서 죽지는 못하겠고, 그렇지만 현실도피는 해야겠고. 그럴 경우에는 정신이 나가야 한다. 그래야 살 수 있다. 죽을 만큼 힘든데 죽지는 못하겠으면 해리현상이나 기억상실 같은 정신병이 발현되는 것이다. 심성이 강한 사람보다도 약한 사람에게 그런 증상이 많이 발현된다.

앞서 얘기한 사례의 아이처럼 시험 문제에서 답안지를 같은 번호만 내리 막 찍은 아이도 나름 영웅적인 현실도피를 한 것이라 볼 수 있다. 현실도피를 꿈꾸어 보지 않은 대한민국의 학생은 아마 없을 것이다. 이 힘든 상황을 무소의 뿔처럼 힘차게 맞닥뜨리고 가라는 것은 무작정 전쟁터로 내모는 것과 다를 바 없다. 생각해 보라. 총알이 퍼붓는 상황을 맨몸으로 부딪칠 수 있겠는가? 아이들은 지금 그런 상황이다. 최소한 부모는 아이들의 그런 상황은 이해할 필요가 있다. 그렇다고 아이를 감싸라는 것은 아니다. 그런 상황을 이해하면 아이를 공격할 이유는 없다는 것이다.

SNS에서의 이상한 인간관계

대부분의 아이들에게 페이스북과 같은 SNS는 특별한 의미를 가집니다. 아이들은 SNS에서 인간관계를 맺는 경우가 부모님들이 생각하는 것보다 훠~~얼씬 많습니다. 그곳에서 처음 보는 아이들끼리 서로 감정을 나누고 소통합니다. 어떻게 처음 보는, 알지도 못하는 사람들과 깊은 감정의 교류를 할 수 있냐고 생각할 수도 있겠지만, 실제로 아이들은 그렇게 하고 있습니다. 그러니 아이들은 TV를 보지 않아도 심심하지 않습니다.

SNS에서 우연히 알게 된 어떤 아이가 고급 옷을 입고 좋은 시계를 차고 '나 지금 슬픔에 젖어 있는 중'이라고 허세를 떨고 있다고 합시다. 어른들이라면 한 번 피식 웃고 넘기겠지만 아이들 눈에는 너무 멋있게 보이기만 합니다. "오빠, 옷이 너무 멋있어요. 무슨 브랜드예요?" 이렇게 댓글을 달면 상대방의 대댓글이 달립니다. "그냥 평소에 편하게 입고 다니는 옷이야. 고마워. 그런데 넌 어디에 사니?" 이런 글들을 주고받으며 관계가 맺어지게 되면 "우리 이제 온라인에서만 만나지 말고 진짜로 한번 만날까? 내가 맛있는 치킨 사줄게" 하면서 약속을 잡습니다. "학원 때문에 일요일 오후에만 시간이 돼요", "오빠는 과외 끝나면 4시쯤 될 테니까 그때 만나자." 이런 식의 이야기가 오가다 보면 마치 오래 전부터 알고 지낸 사이처럼 마음을 놓게 됩니다.

그렇게 해서 막상 만나게 되면 아이들은 서로 생각이 다른 경우가 많고, SNS에서 보여 주는 모습과는 많이 다른 모습 때문에 실망하기도 합니다. 하지만 어떤 경우에는 그런 허세의 모습이 너무 멋져서 방탄소년단 오빠와 동급으로 보이기도 하죠. 이런 상황까지 가면 공부는 더 이상 눈에 들어오지 않고 어떻게 해야 그 오빠랑 더 많은 시간을 더 재미있게 보낼까 하는 생각으로 가득 차게 됩니다.

아이를 잘 관찰해 보세요. 스마트폰으로 계속 뭔가 문자를 주고받는다면 이런 식의 관계를 의심해 볼 수 있습니다. 만약 부모님이 아이의 SNS를 보게 된다면 아마 까무러칠지도 모릅니다. 내 아이가 SNS에서는 부모님이 아는 모습과는 완전히 다른 모습으로 살고 있는 경우가 많습니다. 때로는 아이가 자신과는 환경이나 생각이 전혀 다른 아이들과 어울리기도 합니다. 아이에게 아무리 야단을 치고 스마트폰을 압수하고 심지어 학원도 금지시키면서 집에 가두어 두더라도 아이는 이런 관계를 쉽게 빠져나오질 못합니다.

이렇게 SNS에 푹 빠져 있는 아이들의 특징은 논리적 사고를 잘 못하고 호흡이 긴 문장을 이해하지 못한다는 것입니다. SNS에서 보는 이미지를 보이는 모습 그대로 받아들일 뿐, 게시자가 왜 그런 이미지를 올렸는지 생각해 보지 않습니다. 호흡이 긴 문장은 이해가 안 되기 때문에 그냥 무시해 버립니다. 자신이 이해를 못 해서가 아니라 긴 문장을 쓰는 게시자가 잘난 척하는 것으로 치부해 버리기도 합니다.

따라서 이런 아이들은 자신의 행동이 어떤 여파를 낳고 어떤 결과를 일으킬 것인지를 생각하는 추론 능력도 현저히 떨어집니다. 반면 아이가 논리적인 추론 능력을 기른다면 SNS를 하더라도 이상한 인간관계에 빠질 확률은 현저히 줄어듭니다. 추론 능력을 기르는 데 가장 좋은 방법은 바로 비문학 공부입니다. 아이가 SNS에 빠져 있다면 무작정 야단만 칠 것이 아니라 비문학 공부를 좀 더 하도록 해 보세요. 인문, 과학, 역사, 언어와 같은 다양한 분야의 비문학은 생각의 흐름을 논리적으로 가다듬을 수 있게 도와주며, 동시에 추론 능력도 배양할 수 있게 해 줍니다.

4장

비문학이
공부의 핵심이다

공부를 잘하고 싶다면?

/

공부는 국어, 특히 비문학을 중심으로 해서
과목별 교과서의 목차에 따라 공부하는 것이 가장 좋은 방법이다.

수능 시험이 끝나고 나면 방송이나 신문에서는 시험 만점자에게 인터뷰를 하면서 어떻게 공부해서 만점을 받았는지 꼭 물어본다. 만점자들에게서 가장 많이 들었던 대답은 바로 이것이다.

"국어, 영어, 수학을 중심으로 교과서 위주로 공부했습니다."

이 말은 사실일까? 정말 그들은 그렇게 공부해서 만점을 받았을까?

우선 '국어, 영어, 수학 중심'이라는 말부터 살펴보자.

이 말은 국·영·수만 중시하고 다른 과목은 경시했다는 말은 아니다. 필자는 특히 국어가 가장 중요하다고 강조하고 싶다. 우리 아이가 살아갈 미래의 지식 사회는 창의적인 문제해결 능력을 요구한다.

그러기 위해서는 문제가 무엇인지부터 제대로 파악할 수 있어야 한다. **시험에서 문제가 무엇을 묻는지를 알기 위해서는 그 지문에서 말하는 바가 무엇인지 제대로 이해할 수 있어야 하고, 그렇기 때문에 국어가 가장 중요하다.**

영어를 제외한 수학이나 과학의 문제 지문을 보면 그 지문의 내용을 이해하지 못해 틀리는 경우가 생각보다 굉장히 많다. 이것은 문제가 무엇을 묻는지를 이해하기만 해도 풀 수 있는 문제가 많다는 뜻이기도 하다.

하지만 우리 아이들은 글을 읽고 내용을 이해하는 데 의외로 많은 어려움을 겪고 있다. 어느 신문 지면에서는 '우리나라 사람들의 문맹률은 최저인데 글 이해력은 바닥'이라는 기사까지 등장했다. 암기 위주의 교육 때문에 글의 맥락을 파악하는 능력이 떨어졌다는 내용이다. 읽기 능력이 없으면 정보화 사회에서 도태될 수밖에 없는데, 실제로 2014년 문장이해 능력 조사에 따르면 우리나라 국민 10명 중 3명이 글을 읽고 제대로 이해하지 못한다고 한다.

비단 이런 기사가 아니더라도 요즘 시험에 나오는 문제를 보면 지문의 분량도 분량이지만 그 내용도 참 어렵다. 다음의 예시 문제를 보자. 이런 문제는 한 번 쓱 보자마자 풀 수 있는 수준이 되지 않으면 시험 시간 내에 모든 문제를 풀기는 힘들다고 봐야 한다.

문제) 다음 중 의미가 모호하지 않고 명확한 문장을 고르시오.

1) 나는 엄마와 누나를 만나러 갔다.

2) 문제가 어려워서 풀 수가 없다.

3) 은주는 어젯밤에 철수가 공부를 했다고 말해 주었다.

4) 영희는 철수보다 게임을 더 좋아한다.

5) 엄마는 코트를 입고 있다.

정답 : 2)

이 문제는 국어의 중의적 표현을 찾아내는 문제이다. 중의적 표현을 찾으려면 글을 나누어서 보면 된다. 위의 지문 1)의 경우에는 '나는 엄마와 누나, 두 사람을 만나러 갔다'와 '나는 엄마와 함께 누나를 만나러 갔다' 등으로 두 가지 의미가 되는 중의적 표현이라고 할 수 있다. 지문 5)의 경우에는 '엄마는 코트를 입고 있는 중이다'와 '엄마는 코트를 입고 있는 상태이다'는 내용으로 나눌 수 있다.

이렇듯 국어는 분석이 필요한 문제가 대부분이고, 나머지는 '감'이 필요한 문제가 일부 나온다. 이때의 '감'은 '느낄 감(感)'이 아니라 '헤아릴 감(勘)'을 말한다. 즉, 많은 글을 읽고 독해력의 내공이 쌓여 지문을 읽었을 때 그 내용을 헤아리고 생각할 수 있는 능력을 말하는 것이다. 이런 능력을 '암묵지'(개인의 경험이나 노하우, 기업의 영업력, 업무처리 전략 등과 같이 경험적, 체험적으로 얻어서 겉으로 드러나지 않은 상태의 지식)라고도 한다.

교과서는 차례에 따라 순서대로 공부하면 학습 목표를 달성할 수 있게끔 되어 있다.

두 번째로 '교과서 위주로 공부'했다는 것도 일리가 있다.

일반적으로 책을 쓰는 저자는 무엇부터 쓸까? 바로 '차례'이다. 차례는 그 책의 구조이자 뼈대이며 이야기를 진행시켜 나갈 순서이기도 하다. 영화를 볼 때 앞부분을 보지 못하면 뒷부분을 이해하기가 쉽지 않은 것처럼 차례는 교과의 학습 목표를 향해 순서대로 나아가는 이정표를 제시한다.

우리나라 교과서의 차례는 상당히 꼼꼼하게 잘 짜여 있다. 차례에 따라 순서대로 공부하면 학습 목표를 달성할 수 있게끔 되어 있다. 중2 수학을 예로 들면, 유리수와 정수에 대한 개념이 정립되어 있어야 방정식을 풀 수 있고, 방정식을 이해하고 풀 수 있어야 함수를 이해할 수 있다. 그렇기 때문에 어떤 교과서를 보더라도 유리수와 정수 다음에 방정식이 나오고 그 다음에 함수가 나오게 된다.

유리수와 정수의 개념이 어렵고 이해가 잘 안 된다고 해서 그냥 건너뛰고 곧장 방정식을 공부한다면 제대로 공부가 될 리가 없다. 특히, 학년이 올라가고 내용이 점점 어려워질 때 선행 개념이 제대로 정립되어 있지 않으면 다음 단계로는 한 걸음도 더 나아갈 수 없게 된다. 앞서 언급한 만점자들은 아마 교과서의 목차에 따라 하나하나 계단을 밟듯이 순서대로 그 과정을 진행했을 것이다.

비문학 스펙트럼

국어, 수학 등을 과목별로 나눠서 별개라고 생각하지 말라.
비문학 지문을 이해하는 능력이 없으면
대부분의 과목은 좋은 성적을 받을 수 없다.

시험 성적이 발표되면 학생이나 부모는 나름대로 분석을 해 본다. 대부분 성적이 잘 나온 과목에 대해서는 흐뭇해하면서 왜 잘 나왔는지는 따져 보지 않는다. 반면 성적이 잘 나오지 않은 과목에 대해서는 왜 성적이 잘 나오지 않았는지, 다음엔 어떻게 해야 성적이 올라갈 것인지를 고민한다. 이때 많은 사람들이 공부는 과목별로 하는 것이라고 생각하는 실수를 한다. 국어 성적이 안 나오면 국어가 문제이고, 수학 성적이 안 나오면 수학이 문제라고 생각하는 것이다. **하지만 성적이 안 나오는 진짜 이유는 비문학 지문의 독해 능력이 부족해서인 경우가 많다.** 비문학 지문을 정확하게 독해할 수 있고, 독해한 지문을 머릿속에서 이미지화하여 재구성하고 종합하는 과정을 통해 사고력을 꾸준히 길렀다면 최소한 문제를 이해하지 못해 틀리는 것은 방지할 수 있다.

수능에서는 국어를 문학, 독서, 화작(화법과 작문), 문법으로 나누고 이 가운데 독서와 문법을 비문학으로 분류한다. 필자는 이러한 비문학 개념을 좀 더 확장하려 하는데, 아이가 학교에서 배우는 모든 과목의 지문은 문학과 비문학으로 나눌 수 있다. 문학 지문은 국어의 시, 소설, 고전 등의 지문을 의미하며, 비문학 지문은 이러한 국어의 문학 지문을 제외한 모든 과목의 지문을 의미한다. **즉, 비문학 지문이라 함은 국어의 독서, 문법을 비롯하여 수학, 과학, 역사, 사회 등을 총망라하는 것이다.** 왜냐하면 비문학 지문은 논리 체계를 정확히 봐야 하기 때문이다. 평소에 비문학 지문을 제대로 이해하는 능력을 키워 놓지 않으면 시험에서 조금만 어려운 지문이 나와도 도대체 무슨 말을 하는지 이해하지 못하기 때문에 성적이 좋게 나올 수 없게 된다.

그렇다면 비문학이 왜 이렇게 중요한 것일까? **비문학의 핵심은 원리(principle)인데, 원리는 논리와 연결된다.** 이런 원리와 논리의 이해를 바탕으로 해야 그 위에 다른 지식들을 쌓아 갈 수 있기 때문에 비문학이 중요하다. 하지만 원리와 논리의 이해는 단기간에 이뤄지지 않는다. 많은 지문을 오랜 기간 동안 꾸준히 접하고 훈련해 나가야 쌓을 수 있다.

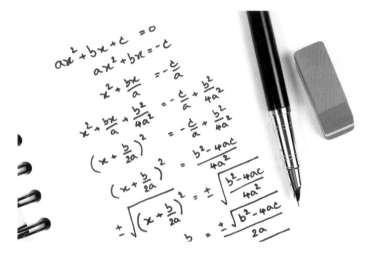

수학은 복잡해 보이지만 논리만 있으면 풀 수 있는 비문학 과목으로 볼 수 있다.
국어는 언어 논리, 수학은 수 논리를 배우는 논리 과목이다.

국어의 비문학과 다른 과목의 비문학은 무엇이 다를까? 수능 국어 시험에 나오는 방대한 양의 지문들은 대부분 처음 보는 것들인데, 내용상으로 국어와 상관없는 과학이나 사회 과목이 나올 수도 있다. **이렇듯 처음 보는 지문을 이해하고 내용의 연결성을 파악하고 숨어 있는 뜻을 추론해 내는 능력을 길러 내는 것이 국어 비문학 공부이다.** 지문이 말하는 대로 그 방향에 맞게 말귀를 알아들었는지를 확인해 보는 것이다. 사회탐구나 과학탐구 등의 다른 과목의 비문학은 지식이나 정보를 미리 숙지하고 있어야 한다. 지문을 통해 그 지식을 알고 있는지 곧바로 묻지 않고 대신 그 지식을 제대로 이해하고 적용할 수 있느냐를 물어본다.

국어 비문학

모든 과목이 그렇지만 특히 국어는 주어진 지문 안에서
객관적이고 상식적으로 생각해서 문제를 풀어야 한다.

국어 시험을 볼 때는 다른 과목보다 좀 더 집중해서 봐야 할 필요가
있다. 왜냐하면 선택지를 굉장히 헷갈리게 내는 경우가 많기 때문이
다. 예를 들면, 지문의 어휘를 그대로 쓰되 다른 내용의 선택지를 만
들든지, 다른 어휘를 써서 같은 의미의 선택지를 만든다. 또 올바른
가치관에 기반을 두거나 또는 우리가 옳다고 알고 있는 내용을 그럴
싸하게 포장해서 선택지로 내놓기도 한다. 이런 선택지의 내용은 지
문과는 상관이 없거나 문제의 질문과는 동떨어진 내용이기 때문에,
말 자체는 너무나 맞는 말이지만 문제가 원하는 답은 아니다. 이런
문제들을 틀리면 아이들은 자신이 왜 틀렸는지를 몰라서 정신이 초
토화된다. 대치동에 있는 국어클리닉 같은 곳에 가면 이런 문제에

대해 자세한 해설과 함께 교육을 해 주기도 하는데, 대신 수업료가 어마어마하다.

사실 국어 성적을 올리기 위해 비싼 돈을 들여 클리닉에 다닌다고 해서 별반 나아지는 것도 없고 달라지는 것도 없다. 오답을 선택한 몇몇 문제의 잘못된 논리관계를 지적해 준들 불필요할 뿐이다. 실질적으로 이런 클리닉이 도움이 되려면 매일매일 꾸준히 다닌다고 해도 부족할 것이다.

어릴 때부터 국어의 개념에 대해 꼼꼼하게 체계를 갖추어 공부하지 않은 아이들은 국어 문제를 대하는 사고의 구조가 잘못되어 있기 때문에 문제를 풀면 풀수록 악순환만 되풀이된다. 평소에는 평범하던 아이가 국어 지문만 보면 독특한 사고방식을 가동하는 아이들도 있다. 독특한 생각과 사고방식 자체는 잘못된 것이 아니지만, 문제를 풀 때는 상식적으로 풀어야 한다. 이런 아이들이 어줍잖게 독학을 하면 국어 성적은 절대로 잘 나올 수 없다. 잘못된 방식, 독단, 고집과 같은 자기만의 생각에 빠져 있으면 편견과 선입견 등이 발동하여 지문을 제대로 이해하는 데 방해 요소가 된다. **오로지 지문 안에서만 생각해야 한다.**

비문학이 중요하다고 얘기하면 당장 국어논술 학원을 등록해야 하는 것 아닌가 생각할 수도 있는데, 어느 정도 혼자 공부가 가능한 아이라면 권하고 싶지 않다. 왜냐하면, 학원은 지문을 분석하는 방법을 알려 주는 수준에서 수업을 진행해야 하는데 일반적인 논술 학원에서는 아이가 직접 해야 할 비문학의 해석과 설명을 선생님이 다 해 주기 때문에 아이가 실력을 쌓을 틈이 없다. 마치 헬스클럽에 운동을 하러 갔는데 트레이너가 대신 운동해 주고 정작 본인은 그 것을 보고만 있는 것과 마찬가지이다.

학원의 국어 선생님들도 분석 방법을 알려 주고 훈련을 위주로 해야 한다는 것은 잘 알고 있다. 하지만 아이에게 분석 방법만 가르쳐 주고 혼자 분석해 보라는 수업 방식이 왠지 방임하는 모습으로 비춰질까 봐 두렵기 때문에 그렇게 하질 못한다. 물론, 어려운 지문은 설명이 필요하다. 그러나 모든 지문을 필요 이상으로 자세히 설명해 주는 것은 아이의 실력 향상에 전혀 도움이 되지 않는다. 어떤 학원 선생님들은 '~~만'이라는 표현이 있는 선지가 오답이라고 가르치기도 하는데 그런 학원은 당장의 성적 향상에만 급급한 학원일 가능성이 높다.

아이가 이것저것 잡다하게 알고 있는 것이 많으면 지문을 이해하는 데 방해 요소가 된다. 왜냐하면 시험 문제는 지문에 나오는 내용만을 기준으로 해서 풀어야 하기 때문이다. 자신의 생각을 접어 두고, 분석 방법을 숙지하여 **주어진 지문 내에서 문제를 분석하는 훈련을 매일매일 꾸준히 하는 것이 국어 비문학 공부의 표준이라 할 수 있다.**

국어 문학은 시험 오류나 해석의 다양성 등으로 인해 난이도를 많이 올리는 데는 한계가 있기 때문에 그나마 확실한 논거를 제공하는 비문학을 어렵게 낼 수밖에 없다. 이것은 아이들이 국어 비문학을 가장 힘들게 느끼도록 하는 이유가 된다.

국영수가 먼저다?

학교에서 배우는 모든 과목 가운데서
국어, 특히 비문학이 가장 중요하다. 이를 통해 다른 과목들의 지문을
이해할 수 있는 능력을 기를 수 있기 때문이다.

군이 매슬로우의 욕구 단계를 들먹이지 않더라도 사람은 누구나 주변으로부터 인정을 받고 싶어 한다. 아이가 이미 신체적인 욕구(생리적 욕구, 안전적 욕구)는 충족하였고 학교와 친구관계라는 사회적 욕구(애정과 소속의 욕구)도 충족되었다면 이젠 존경의 욕구가 생길 법도 하다. 존경의 욕구는 자신감을 세우는 것으로 확인된다. 스스로가 자신감을 느낄 수 있다면 존경의 욕구도 충족할 수 있을 것이다.

하지만 자신감을 세운다는 것이 말처럼 쉬운 일은 아니다. 중학생이 되어서도 기초 개념이 부족하여 초등학교 교재를 봐야 한다면

자아실현의 욕구

존경의 욕구

애정과 소속의 욕구

안전의 욕구

생리적 욕구

매슬로우의 욕구 단계

자존심이 아주 많이 상할 수 있다. 필자가 상담한 아이들 중에 영어
가 무척 약한 중1 아이가 있었는데, 초등 6학년 교재를 보라 하니
무척 기분 나빠했었다. 정작 그 교재도 쩔쩔매는 수준이면서 말이
다.

  그렇지만 과학 과목의 '유전자' 부분처럼 이해하기 어려운 부분이
나오면 비록 자신의 학년보다 낮은 학년 수준의 교재라 하더라도 반
드시 다시 봐야 한다. 처음에는 자존심이 상할 수 있겠지만 그렇게
라도 공부해서 개념을 이해한 후 차후에 높은 성적을 받으면 자존
심을 회복할 수 있다.

  부모들은 사회생활을 하는 자신의 경험을 바탕으로 '아이가 영어,
수학에 집중하고 다른 과목은 그냥 외우면 된다'라고 생각할 수 있
지만 실상은 그렇지 않다.

쉬운 과목에서 성과를 맛보면 더 어려운 과목에도 도전할 힘을 얻게 된다.

정말! 국어가 가장 중요하다. 국어가 안 된 아이는 다른 과목도 기본적인 이해를 못한다. 특히, 국어 비문학을 이해하지 못하면 다른 과목의 지문을 이해할 수가 없다. 결국, 시험에서도 문제가 무엇을 묻는지를 이해하지 못해 틀리는 경우도 발생한다.

다음은 중2 수학 확률 문제이다. 답을 구해 보라는 것이 아니라, 문제 자체가 이해되는지 살펴보라.

> ・어느 지역에 비가 온 다음 날 비가 오지 않을 확률은 3/5이고, 비가 오지 않은 다음 날 비가 올 확률은 2/7이다. 월요일에 비가 왔을 때, 같은 주 수요일에도 비가 올 확률을 구하여라.
> ・영진이네 가족은 매주 토요일에 주말 농장에 가서 밭을 가꾸기로 하였다. 오른쪽 달력에서 어느 하루를 선택할 때, 그날이 주말 농장에 가는 날이 아닐 확률을 구하여라. (달력은 생략)

첫 번째 문제에서는 '비가 오고, 비가 오지 않고'가 반복되고 중복되니 헷갈린다. 두 번째 문제는 그냥 막막하기만 하다. 그냥 평일에 시간 날 때 가면 안 되나 싶기도 하다. 논리적으로, 순차적으로 문제가 이해가 되지 않으면 이런 문제는 풀 수가 없다. 독해란 지문의 내용을 제대로 파악하고 이해하는 능력을 말하는데, 비문학을 독해할 실력이 되지 않으면 논리적 읽기가 되지 않기 때문에 이과 수학 등

소수의 과목을 제외한 모든 과목의 지문 독해가 제대로 되지 않을 것이다. 비문학을 정확히 이해하고 읽을 수 있느냐에 모든 과목의 성패가 달려 있다고 해도 과언이 아니다.

고등학교와 비교했을 때 초등학교나 중학교의 국·영·수 수준은 그다지 높은 수준이 아니다. 그럼에도 불구하고 국·영·수가 중요하다고 하는 이유는, 국·영·수가 다른 과목에 비해서 추상적인 내용을 많이 다루고 있고 범위가 넓으며 다른 과목들의 베이스가 되는 과목이기 때문이다. 이 과목들은 고등학교 때 굉장히 추상화되고 범위도 광범위해지면서 급격히 어려워진다.

하지만 지금 성적이 잘 나오지 않는 아이는 국·영·수가 아닌 소소한 과목 하나라도 높은 점수를 받게 되면 공부에 대한 트라우마를 많이 떨쳐 버릴 수 있다. 예를 들어, 아이가 다른 과목에 비해 역사 과목에 높은 점수를 받게 되면 자신의 진로를 역사와 관련된 쪽으로 해 볼까 생각하게 된다. 이런 아이에게는 역사학과에 진학하려면 수능이나 내신 등급을 잘 받아야 하기 때문에 수학을 공부해야 한다고 하고, 또 역사를 전공하려면 영어 서적을 번역할 일이 많이 있을 테니 영어 공부도 해야 한다는 식으로 이끌어 주면 다른 과목도 손댈 수 있게 된다.

아이가 기술·가정이나 도덕 같은 과목에서 좋은 성적을 받아와도 어떤 부모들은 별로 좋아하지 않는다. 중요 과목이 아니기 때문이다. 그렇지만 지문을 읽고 그것을 이해하는 능력을 향상시킨 것만으로도 충분히 칭찬받을 만한 일이라 하겠다.

또 중요 과목이라고 하는 영어, 수학을 망치더라도 자기가 공부하고 집중한 부분에서 성과를 보게 되면 자신감을 가질 수 있게 되고, 그동안 어려워서 피했던 다른 과목에도 도전할 힘을 얻게 된다.

비문학 독해력을 키우는 방법

독해는 무조건 열심히만 한다고 해서 되는 게 아니다.
자기의 주관이나 성향에 따라 책의 내용을 이해하기 때문에
사고구조를 정확하게 해놓지 않으면 많은 독서가 오히려 독이 되기도 한다.

국어는 크게 문학과 비문학으로 나눌 수 있는데 독해력을 키우기 위해서는 우선 비문학을 이해하는 것에서 출발하는 것이 좋다. 왜냐하면, 문학은 상징성에 따르는 뉘앙스를 파악할 수 있어야 하는데 이것은 감수성의 문제도 있고 여러 가지 배경 지식도 미리 알고 있어야 하기 때문에 실력을 키우기에는 시간이 오래 걸린다.

모든 과목의 시험에는 아이들의 이해력을 확인하기 위해 엄청난 양의 지문이 나온다. 그렇기 때문에 비문학 독해력이 떨어지면 어떠한 과목에서도 좋은 점수를 받을 수 없다. 하지만 텍스트를 마냥 읽기만 한다고 해서 비문학 독해력이 좋아지는 것은 아니다. 강남의 모 고등학교 1학년 국어 시험은 30문제가 출제되었는데 시험지만 11

장이었다. 이 가운데 빽빽한 지문이 8장가량이었다. 이러한 시험에서 제한된 시간 내에 문제를 풀기 위해서는 지문의 핵심을 빠르게 짚어 낼 수 있어야 하고 지문과 문제와의 관계, 한두 번 꼬여 있는 문제의 의미 등을 재빨리 발견할 수 있어야 한다.

수능의 특성인 '문제를 올바로 파악하는 능력'을 비문학 독해를 통해 기를 수 있다. 독해는 무조건 열심히만 한다고 해서 되는 게 아니다. 자기의 주관이나 성향에 따라 책의 내용을 이해하기 때문에 사고구조를 정확하게 해놓지 않으면 많은 독서가 오히려 독이 되기도 한다.

비문학 공부는 늦어도 중학교 때부터는 시작해야 한다. 모든 과목이 마찬가지지만 중학교 때 공부에 대한 습관, 버릇, 개념 이해도가 자리 잡지 못하면 고등학교에 가서는 이런 것들을 정립할 시간이 없다. 비문학은 인문, 사회, 과학, 예술, 언어와 같은 여러 방면에 걸쳐 출제된다. 그렇기 때문에 비문학을 국어 과목에만 한정해서 생각할 필요는 없다. 최상위권이 아니라면 대부분 비문학이 문제이지 타 과목 그 자체가 문제가 아니다. 문제를 이해하지 못하는데 답을 어떻게 찾을 것인가?

비문학 독해 능력은 다음과 같은 훈련을 통해 기를 수 있다.

Step 1. 글의 각 문단에서 핵심 문장을 1~2개 발췌하는 훈련을 한다. 이는 글의 핵심을 정확하게 인지하는 능력을 배양하기 위해서이다.

Step 2. 문단별로 내용을 1~2줄로 요약하는 훈련을 한다. 짧은 요약을 통해 글의 내용을 표현하는 능력과 문맥의 완성 능력을 배양할 수 있다.

Step 3. 요약된 문단 내용을 합쳐서 전체 요약 글을 완성한다. 이 과정을 통해 문장의 연결성과 글의 전체적인 통일성을 구성할 수 있는 능력을 기를 수 있다.

이런 훈련을 성실하게 수행하려면 같은 글을 여러 번 읽어 봐야 하기 때문에 참 지루한 공부가 될 수 있겠지만 전체 글이 아닌 문단 단위로 진행하는 것이어서 크게 어렵지는 않을 것이다.

불수능과 부조리

앞으로도 불수능은 꾸준히 계속될 것이다.
수능은 어려운 문제에 대처하는
자세와 태도를 묻는 것이 기본 원리이기 때문이다.

2019학년도 수능 고사가 불수능으로 평가받는 중심에는 1교시 국어 31번 문제가 있다. 이 문제는 지구과학의 이해를 포함한 융복합 형태의 문제였는데, 필자는 본인이 이런 어려운 문제를 풀어야 하는 수험생이 아니라는 것에 안도의 한숨을 내쉬었다.

대부분의 언론이나 입시 학원에서는 이 문제에 대해 '너무 어렵다'라는 것에 초점을 맞추는 것 같다. 맞다. 이 문제가 너무 어려웠던 것은 사실이다. 국어 만점자의 표준점수가 지난해보다 16점이나 올랐으니 말이다. 표준점수 최고점이 150점대가 나온 건 처음인데, 현 수능 체제가 도입된 2005학년도 이후 가장 어려웠다고 한다. 한편에서는 앞으로 국어보다 과학 공부를 먼저 해야 하는 것 아닌가라는 이야기도 흘러나오고 있다. 하지만 필자는 다른 관점에서 이 문제를 바라보고자 한다.

국어는 1교시에 치르게 되는데, 잔뜩 긴장한 상태에서 처음부터 이렇게 어려운 문제를 받아본 수험생은 멘붕을 겪게 된다. 도대체 지문이 무슨 말을 하는 것인지 이해할 수 없고, 최대한 이해해 보려고 끙끙거리다 보면 시간이 다 흘러가 버린다. 한마디로 폭탄을 밟은 꼴이 되어 버리는 것이다. 이렇게 되면 2교시부터는 정신을 차릴 수가 없다. '자라 보고 놀란 가슴 솥뚜껑 보고 놀란다'는 속담처럼 조금만 어려운 문제가 나오면 정신 줄을 붙잡을 수 없을 만큼 당황하게 되어 실수를 연발하게 된다. 1교시 국어에서의 멘붕이 마지막 시험이 끝날 때까지 이어지는 것이다. 국어에서의 멘붕은 2교시 수학이나 3교시 영어보다 충격이 더 클 수밖에 없다.

국어에서의 멘붕 문제는 이번이 처음이 아니다. 매년 이렇게 1교시부터 수험생의 멘붕을 부르는 문제는 계속 출제되어 왔다. 이런 문제를 마주쳤을 때는 어떻게 해야 할까?

수능이 끝나고 많은 언론에서는 '해당 지문은 전문가조차도 주어진 시간 내에 다 풀 수 없었다'라는 반응을 내보낸다. 전문가도 어려워하는 복잡한 지문을 학생들은 어떻게 풀 수 있을까? 이런 반응은 사실 수능 국어에 대해 잘 몰라서 하는 얘기이다. 수능의 지문은 학교에서 배운 것이 나오질 않는다. 모든 지문이 처음 보는 지문이다. **'이런 지문은 처음 보지? 그러니 네가 처음 보는 지문을 어떻게 창의적으로 해석하고 해결할 것인지를 보여줘'라는 요구가 수능 문제의 기본 태도이다.**

학생들은 제한된 시간 내에 이런 문제를 해결할 수 있도록 꾸준한 훈련을 받고 시험에 임하지만, 전문가들은 이러한 훈련을 전혀 받지 않기 때문에 수능 문제를 제한 시간 내에 도저히 풀 수 없다. 학생들은 어떤 부분을 신경 써서 보고, 어떤 부분을 그냥 넘겨야 하는지, 어떤 부분에 민감하게 반응해야 하는지를 훈련받는다. 일부 최상위권의 아이들은 지문을 보지 않고 문제와 선택지만 보고도 지문이 어떤 내용이며 어떻게 전개될지를 유추하는데, 이런 수준의 아이들은 어떠한 멘붕 문제를 만나도 전혀 흔들리지 않는다.

결국, 수능이 분별하고자 하는 가장 핵심은 어려운 문제를 만났을 때 대처하는 자세와 태도이다. 모두가 어려워하는 문제가 나왔을 때, 그 문제에 대한 전체적인 주제를 무시하고 특정 부분만 집중한다든지, 이 어려운 문제 때문에 멘붕이 와서 나머지 시험을 다 망쳤다든지, 아이들마다 대처 방법은 다 다를 것이다. 가장 이상적인 대처 방법은 무엇일까? 지문의 내용을 모두 다 이해해서 푸는 것이 아니라 문제, 지문, 선택지를 내가 이용할 수 있는 지식을 최대한 활용하고 조합하여 문제를 풀어내는 것이다. 모든 지문을 완벽하게 이해해서 문제를 풀겠다는 오만은 버려야 한다. 수능은 그렇게 완벽하게 해석해서 풀라고 출제된 게 아니기 때문이다.

인생을 살아가다 보면 이런 일을 더러 또는 자주 겪게 된다. 갑작스러운 사고를 당할 수도 있고, 가벼운 농담 한마디에 인간관계가 꼬이는 경우도 있다. 처음 닥치는 어려움이라 하더라도 내가 활용할 수 있는 몇 가지의 상황들을 가지고 극복해야 한다. **어려운 문제에 부닥쳤을 때 어떻게 대처할 것인지는 유추와 추론이 가능한 사고력에 의해 판가름 난다.** 형사는 단서가 될 만한 몇 가지를 가지고 사건의 전모를 유추하고 조합해 낸다. 역사가들도 다 깨진 항아리 몇 개를 가지고 당시 살았던 사람들의 생활상을 추정해 내기도 한다.

물론, 이번에 언급된 31번 문제가 잘 만든 문제라는 것은 아니다. 하지만 수능은 변별을 해야만 하기 때문에 이렇게 어려운 문제는 앞으로도 계속 나올 수밖에 없을 것이다. 그런데 '어려운 문제가 나와서 실력을 발휘 못하고, 멘붕이 와서 제대로 된 평가를 못 받았다'라는 수험생도 있을 수 있다. 이런 상황이 너무나 속상하고 어린 학생에게는 분명 과한 면이 있지만, 인생은 이것보다 더 지독한 부조리의 연속이다. 아무리 열심히 산다고 해도 결과는 그에 따르지 않는 경우가 허다한 것이 사실이다.

한편, 부조리는 열심히 산 사람만이 느끼는 감정이라 할 수 있다.

최선을 다해 열심히 공부했는데 결과가 0점이라고 하면 그야말로 부조리를 느끼게 된다. 모든 것을 다 바쳐 사랑한 사람, 전 재산을 다 바쳐 투자한 사람, 이런 사람들이 부조리를 느끼는 것이지 대충 얕게 산 사람들은 부조리를 느끼지 않는다. 그러니 부조리를 느끼지 않는 사람은 아무리 나이가 들어도 '아이'일 수밖에 없다. 자기를 보호하고 상처를 입지 않기 위해 최선을 다하지 않는 것이다.

셰익스피어의 4대 비극을 보면서도 알 수 있듯이, 처참하게 깨지는 것을 피하고 싶은 것은 인간의 본능이다. 최선을 다했는데 최악의 결과가 나오고, 잘못된 방법이었음을 나중에야 깨닫게 된다. 신도 아닌 인간은 완벽한 방법을 찾을 수 없고 잘못된 방법을 고를 수밖에 없다. 그저 잘못된 방법을 통해 배울 뿐이다. 따라서 어려운 문제를 대하는 태도와 자세가 더욱 중요하다.

우리 아이는 앞으로 살아가면서 어려운 문제를 만나게 되면 어떤 자세를 취할까? 본인이 할 수 있는 모든 노력을 다해 볼지, 아니면 그냥 어려운 문제 탓을 하며 피할지는 지금 부모가 아이에게 어떤 공부를 시키느냐에 달려 있다. 물론, 그 판단에 따르는 결과와 책임도 부모의 몫이 된다. 부모 노릇은 여러모로 참 어렵다.

학년이 올라갈수록 공부는 급격히 어려워진다.

글쓰기가 어려운 이유

글쓰기가 어려운 이유는 학년이 올라갈수록 어려운 개념이 도입되는 데다,
글쓰기 훈련을 지속적으로 할 수 없는 구조적 문제 때문이다.

글쓰기는 학교 교육에서 중요하게 다루고 있는 항목이며, 앞으로 대
입과 취업을 위한 자기소개서 작성을 비롯한 모든 사회생활의 기초
가 되는 능력이다. 그래서 글쓰기를 잘하는 사람은 상대적으로 사회
생활을 수월하게 할 수 있다. 하지만 아이들에게 서평이나 관찰일기
를 써 보라고 하면 대부분 단문 형식 또는 현상의 나열 수준으로 쓴
다. 글쓰기의 수준을 올리기 위해서는 우선 일상적인 내용부터 시
작하여 본인과 관련된 주관적 이야기와 글쓰기 대상에 대한 객관적
사실을 써 보는 연습을 할 필요가 있다. 이런 글쓰기는 점차 정치,
경제, 사회, 문화 등 다양한 주제로 나아가게 된다.

하지만 글쓰기를 훈련하는 것은 여전히 힘든 과정이다. 국어의 '글의 전개 방식'을 예로 들어 보자. 초등학교 때 배우는 '글의 전개 방식'에는 비교와 대조가 있다. 대체로 전개 방식의 종류와 의미에 대해 언급하는 수준에서 가르친다. 중학교 때는 더 많은 전개 방식의 종류를 언급하면서 어떤 방식으로 사용되는지에 대해 가르친다.

고등학교에서는 갑자기 어려워진다. 우선 글의 전개 방식에 수사법이라는 이름이 붙고, 엄청난 양의 지문이 주어진다. 여기에서 어떤 것이 비교이고, 어떤 것이 대조이고, 어떤 것이 나열이고, 어떤 것이 병렬인지를 약간씩 변형된 글의 전개에 대해 가르친다. 예시를 들기는 하지만 아이들이 가장 힘들어하는 공부 중 하나이다.

글의 전개 방식을 배우는 이유는 글의 구성을 파악하고 논지를 정확히 이해하기 위해서이다. 그럼 어떻게 하는 것이 가장 좋은 학습법일까?

글의 전개 방식인 비교, 대조, 예시, 인용, 나열, 병렬 가운데 두 가지를 넣어서 혹은 세 가지를 넣어서 글쓰기를 해 보도록 하자. 계속 글쓰기를 하다 보면 아이는 은연중에 개념을 몸에 익히게 된다. 특히, 비문학을 이해하는 방식을 깨우치기 때문에 국어뿐만 아니라 이과 수학을 제외한 모든 과목의 이해도를 높이는 부수적인 장점도 있다.

그런데 학교에서 이런 학습법을 진행하는 데에는 곤란한 점이 있는데, 바로 선생님이 문제가 된다. 이런 방법으로 글쓰기를 시키면 선생님이 채점하기가 너무 힘들기 때문이다. 하나하나 그 애매한 문장들에 대해 평가하는 것은 살인적인 작업이 된다. 따라서 그런 방법으로 글쓰기를 시키려면 일단 소수의 인원을 대상으로 해야 하고 또 보조 선생님이 2~3명 정도 추가로 있어야 가능하다. 하지만 비싼 등록금을 내는 선진국의 몇몇 학교가 아니면 이런 방법을 쓸 수가 없다. 실제로 미국의 유명 사립 중고등학교에서는 이런 방법으로 글쓰기 훈련을 진행하고 있다.

비싼 수업료를 받는 사교육에서 이런 방법의 글쓰기 수업을 해 주면 좋겠지만 사교육은 당장 학교 성적을 올리는 것이 지상과제이다. 학교 성적을 잘 받게 하기 위해서는 답을 잘 찾아내는 기술을 가르치는 수밖에 없다. 아이들은 개념도 익혀야 하고 답도 잘 찾아야겠고, 그것도 주어진 시간 안에 해결하려면 너무나 힘들다. 그러다 보니 글을 쓰는 과정에서 개념을 익히는 방법은 아무래도 뒤로 밀리고 중요하게 다루어지지 않는다.

학년이 올라가면 글의 전개 방식은 버라이어티하게 더 확산된다. 귀납법, 연역법이 들어가고 유비추론이 추가된다. 굳이 나열과 병렬을 구분하게 만들기도 한다. 인용처럼 보이지도 않는 속담을 넣어서 헷갈리게 하는데 시험에 이런 문제가 나오면 머리를 쥐어뜯는 아이들도 생긴다. 실생활에 아무 도움도 되지 않을 듯한데, 이걸 왜 배워야 하는지 회의에 빠지게 된다. 학년이 올라갈수록 이런 국어의 수

사법뿐만 아니라 수학, 과학, 역사, 영어 등 거의 모든 과목이 기하급수적으로 어려워지는 데다가 공부할 양도 많아지기 때문에 정신 차리기조차 힘들다.

그런데, 그 말도 안 되는 힘든 과정을 견디고 이겨낸 아이들이 SKY에 진학한다. 그들은 대학에 진학해서도 학기 중뿐만 아니라 방학 때도 열심히 공부한다. 이 아이들은 그래서 사회에 나갔을 때 대부분은 웬만한 일은 다 처리할 수 있게 된다. 사람의 능력이 경쟁력이 아니라 누구나 겪게 되는 학창 시절의 고난을 극복했다는 것이 경쟁력이 된다.

동서양의 사고방식

아이가 하는 공부는 대부분 서양에서 왔기 때문에 공부를 하다 보면 은연중에 서양적 사고구조를 갖게 되는 경우가 많습니다. 그러다 보니 동양적 사고를 요하는 글은 독해가 참 힘들어요. 이럴 때는 동서양 어법의 차이를 잘 파악해야 합니다. 서양적 어법은 인과관계를 기반으로 하기 때문에 학교에서 정상적으로 교과를 배우고 익히면 어느 정도는 파악할 수 있어요. 그러나 동양적 어법은 글의 뉘앙스를 파악하기가 쉽지 않죠. 동양 철학을 따로 배우려 해도 너무 어렵기만 합니다. 예를 들어, '배우고 익히면 좋지 아니한가?'라는 문장을 봅시다. 이 말은 달리 말하면 배우고 익히지 않으면 개돼지만도 못한 사람이 된다는 뜻이기도 합니다.

　어른이 오기 전에 먼저 밥을 먹고 있는 아이가 있다고 해 보죠. 이 모습을 본 어른이 한마디 합니다. 서양의 어른은 "어른이 오기 전에 밥을 먹으면 예(禮)가 아니다"라고 말할 것입니다. 서양 철학의 핵심인 인과관계를 얘기하죠. 그런데 동양의 어른은 "밥이 그리 맛있느냐?"라고 묻습니다. "네, 맛있습니다"라고 대답하는 아이는 정답을 말하지 못했습니다. 얼른 숟가락을 놓고 "죄송합니다"라고 해야 해요. "맛있느냐?"고 묻는데 "죄송합니다"고 답합니다. 전혀 인과관계가 아니죠. 말이 안 되지만 동양 어법이 그렇습니다.

또, 아버지가 집에 오셨는데 아이가 방바닥에서 뒹굴거리고 있다고 해 봅시다. 아버지가 말하길 "애야, 편안하냐?" 이때 "편안해요"라고 답하면 동양적 정답이 아닙니다. 얼른 일어나서 "어서 오세요"라고 해야 해요. "편안하냐?"고 묻는데 "어서 오세요"라고 대답하고 얼른 일어나야 합니다.

서구 국가에서 오랫동안 공부를 해온 아이들에게 중국의 어떤 사극 영화에 대해 설명한 적이 있는데, 아이들은 그 영화에 나오는 상황을 제대로 이해하지 못했어요. 기가 막히게 경치가 좋은 곳에서 최고급의 차를 마시며 대화를 하는 장면인데, 한쪽이 다른 사람에게 "제가 귀 댁에 잠시 발을 들여놓아도 되겠습니까?"라고 하는 말은 "내가 너희 나라를 침공하여 차지하겠다"라는 선전포고인 셈입니다. "저희 거처가 누추하여 귀인이 머물기엔 한없이 부족하오니 다른 곳을 찾아보심이 어떠하신지요?"라는 말은 "쳐들어오기만 해봐! 가만있지 않겠다"라는 뜻입니다. 이렇듯 그 대화의 속 내용은 무시무시한 말들이에요. 이런 말들을 차 마시며 우아한 표현으로 에둘러 얘기합니다. 이런 동양적 사고의 기반에서 공자, 장자, 한비자를 봐야 이해할 수 있어요. 이게 이해가 안 되면 어떠한 동양 철학책을 읽어도 전혀 이해되지 않습니다. 이러한 동양적 어법에 익숙해져야만 글이 제대로 보입니다.

르네상스 이전까지 로마를 비롯한 일부 지역을 제외한 대부분의 유럽인들은 도끼를 들고 뛰어다니는 야만인과 비슷한 수준의 사람들이었어요. 유럽인들이 자랑스럽게 얘기하는 민주주의도 알프스 산맥과 같은 자연 지형이나 기후, 부족한 인구 등의 상황 때문에 발생했지 절대로 그들이 동양인들보다 우월해서가 아닙니다. 당시의 문명은 모두 이슬람과 동양의 몫이었어요. 하지만 르네상스 시대가 시작되면서부터 서양은 동양보다 더 빠르게 발전하기 시작합니다.

서양에서 르네상스 때부터 사고의 혁명이 일어날 수 있었던 가장 중요한 이유는 '객관성'이라는 개념이 사회를 지배했기 때문입니다. 돌아가신 아버지가 유산으로 물려 주신 컵, 신이 계시를 내린 컵처럼 '객관성'은 사물을 이런 의미들로부터 분리시켰어요. 컵을 물질 그 자체로만 보게 되었습니다. 그렇기 때문에 인간은 다른 어떤 것에도 매이지 않고 주체적인 삶을 살 수 있게 되었습니다. 나무를 베도 되고, 개간을 해도 되고, 심지어는 다른 나라를 침공해도 됩니다. 타인의 고통은 타인의 것일 뿐 나와는 상관없는 일이기에 그러합니다. 이런 개념을 이해하게 되면 칸트의 '존재와 있음은 다르다'라는 명제도 이해할 수 있습니다. 사실 이 명제는 아이들의 정신을 자주 혼미하게 만들죠. 그러나 『어린 왕자』나 김춘수의 '꽃'의 내용과 의미를 이해할 수 있다면 '존재만 하는 것과 누군가에게 인식된 존재는 다르다'라는 사실을 충분히 알 수 있습니다. 어떤 선생님들은 다양한 철학적 용어를 동원하면서 굉장히 어렵게 설명하기도 하는데, 대부분은 자신이 잘 이해하지 못하면 설명도 어렵게 할 수밖에 없어요.

몇 년 전에 영국의 옥스포드 대학교 입시에서 이런 문제가 나왔다고 합니다. Is this a question?(이것은 질문입니까?)라는 질문이 그것입니다. 당신이라면 뭐라고 대답했을까요? 질문의 내용이 중요한 것이 아니라 '이런 질문을 왜 하느냐'에서 그 답을 찾아야 합니다. 즉, 'WHY'에서 그 답을 찾아야 한다는 것이죠. 정답은 없지만 가장 그럴듯한 대답은 If my answer is an answer, your question is a question.(만약 나의 답이 대답이라면, 당신의 질문은 질문입니다.) 답이 중요한 것이 아니라 논리가 중요합니다.

언젠가 한 특목고 입시에서 '우리나라를 10번 방문한 외국인의 가이드가 된다면 어디로 데려가고 싶은가?'라는 질문이 나온 적이 있었어요. 질문을 받은 학생들은 우왕좌왕했겠죠? 대부분의 아이들은 우리나라를 10번이나 방문한 외국인이라면 웬만한 곳은 다 가봤을 텐데 어디로 데려가야 특색 있는 방문이 될까를 고민했습니다. 그러나 그런 고민을 해서는 답을 말할 수 없어요. '왜?'에 대해 설득력 있는 논리를 제시해야 하는 문제이기 때문입니다. 우리 집에서 모든 시간을 보내겠다고 해도 돼요. '10번이나 방문한 사람이면 더 이상 관광지를 궁금해하진 않을 테고, 오히려 한국인의 사는 모습에 대해 궁금해하기 때문이다'라고 답을 하면 질문의 요지를 정확히 꿰뚫어 본 겁니다.

하버드 대학교의 마이클 센델 교수의 『정의란 무엇인가』를 보면 서구 철학의 논리와 객관성에 대해 좀 더 자세하게 들여다볼 수 있습니다. 질문의 첫 번째는 '한 사람이 죽어서 백 명이 살 수 있다면 그 한 사람의 죽음은 정의로운 것인가?'인데 많은 학생들이 '그렇다'고 대답합니다. 대표적인 공리주의 사상이죠. 하지만 다음 질문에는 거의 대답을 하지 못해요. '그 한 사람이 당신 어머니라면?' 여기에도 '그렇다' 또는 '아니다'는 정답이 아닙니다. 어떤 대답을 해도 상관없지만, 그 대답을 하게 된 객관적인 논리를 내놓아야 합니다.

5장

학습 상담 사례

100명의 아이와
100가지의 공부 방법

"행복한 집안은 비슷비슷한 이유가 있지만 불행한 집안은 각각의 이유가 있다."

_톨스토이, 『안나 카레리나』에서

    위의 구절을 공부에 빗대 보자면, 공부 잘하는 대부분의 아이들은 자기의 강점과 약점을 정확하게 파악한 후 자기주도 학습 등의 방법으로 열심히 공부하는 반면, 공부를 못하는 아이들은 저마다의 핑계와 이유 때문에 공부를 안 한다. 필자는 **'아이가 100명 있으면 공부 방법도 100가지가 있어야 한다'**는 지론을 가지고 있다. 아이마다 부모, 성격, 환경, 능력이 다른데 어떻게 똑같은 방법을 적 선생님!
선생님 덕분에 사교육에 휘둘리지 않고,
여기저기 기웃거림 없이 ███기 키워나갈수
있어 너무나 감사드립니다.
아직 다듬어 지는 과정이라 순도 없이 가고
살얼음을 걷는 느낌이지만,
선생님이 계셔서 늘 든든하고 힘이됩니다
선생님! 고맙습니다.
늘 건강 하십시요~·^^

필자가 받은 학부모의 감사 인사

용할 수 있을 것인가? 제대로 된 학습 상담은 다양한 아이들의 상황에 맞게 개별 맞춤식의 공부법을 제시할 수 있어야 하는데, 때로는 공부법 이전에 생활적인 부분이나 사고방식을 개선하기 위한 인문학 공부가 우선되어야 할 때도 있다.

시간도 꽤 많이 걸린다는 것을 인정해야 한다. 모든 일이 그렇듯이 공부도 망가지는 것은 순식간이지만 다시 쌓아 올리는 것은 지난한 과정이다. 그렇기 때문에 아이의 상황을 정확하게 파악하고 그것에 맞는 방법을 확인했다면 오랜 시간 동안 지속할 수 있는 끈기도 무척 중요하다. 중간에 포기하게 되면 아이는 또 상처를 받게 되고 다음부터는 공부를 다시 시작해 볼 엄두조차 못 낼 수 있다.

다음의 내용은 필자가 그동안 학습 상담을 진행한 아이들 가운데 대표적인 6명의 사례를 정리한 것이다. 앞에서 필자가 언급한 공부에 대한 다양한 생각들이 각각의 아이들에게 어떻게 적용되고 활용되었는지를 확인할 수 있을 것이다.

사소한 일에 목숨 걸고,
열등감에 사로잡힌 아이

이런 성격의 아이는 사소한 일에 굉장히 예민하고 핑계가 많다. 또 스스로에 대한 분노로 인해 자기 자신을 망가뜨리기도 한다.

필자가 몇 년 전에 만나게 된 A양은 이런 유형의 대표적인 아이였다. A양은 주재원인 아버지를 따라 초등학교 때 캐나다로 건너가 국제 학교를 다녔다. 그곳에서는 성적도 잘 나왔고 선생님께 칭찬도 많이 받았다고 했다. 그렇게 3년을 보내고 한국으로 귀국해서 중학교 2학년으로 편입하게 되었다.

편입 후 아이는 말수도 점점 줄어들었고 첫 시험에서 형편없는 성적을 받았지만, 부모님은 아이가 한국의 학교생활에 아직 적응을 못해서 그런 것이라 생각했고 시간이 지날수록 괜찮아지리라 기대했다. 하지만 아이의 상태는 점점 나빠졌다. 캐나다 국제 학교에서는 칭찬도 많이 받고 성적도 좋았는데 한국의 중학교에서는 거의 최하위권 수준의 성적이 나왔다. 국어나 수학 성적이 안 좋은 것은 어느 정도 이해를 하겠는데 그나마 기대했던 영어 성적도 바닥을 헤매고 있었다. 게다가 친구들과 다툼도 많아졌고 부모와의 대화도 피하며 짜증내기 일쑤였다. 극단적으로 자살 소동도 벌였지만 다행히 목숨에 지장은 없었다. 얼마의 시간이 지난 후엔 스스로 자퇴서를 들고 선생님을 찾아갔다고 한다. 필자는 이런 상태에서 아이를 만나게 되었다.

필자는 A양을 따로 만나 이야기를 나누어 보았다. A양은 사소한데 목숨을 거는 스타일이었다. 사례를 들자면, 어느 날 친구로부터 "너는 필통에 볼펜이 몇 개 없네"라는 말을 듣고 기분이 굉장히 나빴다고 한다. 마치 자기가 공부를 못하는 것을 비꼬는 말로 들렸단다. 나빠진 기분은 며칠이 지나도 풀리질 않고 오히려 본인이 무시당했다는 생각 때문에 밤에 잠도 잘 못 잤단다. 그 친구에게 항의할 엄두는 못 냈는데 귓가에 그 말이 맴돌아서 수업 시간에도 집중할 수 없는 정도였다고 했다.

이 얘기를 아이의 부모님께 전했더니 아이의 부모님은 흔한 사춘기 증상이나 심한 중2병 정도로 받아들였다. 과연 그럴까? 시간이 지나서 사춘기가 지나고, 중3이 되면 그런 증상에서 벗어날 수 있을까?

　그렇지 않다. 부모와는 말이 통하지 않더라도 친구들과는 잘 어울릴 것 같은 아이도 사소한 일에 과도하게 신경 쓰는 성격을 가지고 있으면 친구들과의 관계가 굉장히 요란해진다. 토라짐의 연속이고 인간관계는 엉망이 된다. 그러면서도 친구들 사이에서 빠져나올 생각을 안 한다.

　A양 역시 학교 수업을 잘 따라가지 못하다 보니 좋은 성적이 나올 수 없었고, 그 가운데서도 자신의 존재감을 나타내려고 여러 가지 사건 거리들을 만들다 보니 인간관계가 복잡해진 것도 있었다. 그렇게 만든 인간관계 사이에서도 의사소통이 제대로 되지 않고 말귀를 못 알아들으니 사건 거리가 자꾸만 발생하게 되었던 것이다.

　A양에게는 의사소통에 문제가 있었다. 다시 말해, 국어 능력이 떨어지기 때문에 상대의 말을 확대 해석하게 되었다. 이런 상황에서 하고 싶은 말만 하고, 듣고 싶은 말만 듣게 되어, 그것이 상황을 더 어렵게 만들어 버렸다.

　공부 역시 마찬가지였다. A양이 캐나다의 국제 학교에서 공부할 때는 좋은 성적을 받아서 선생님과 부모님으로부터 칭찬도 받고 친구들의 부러움도 샀겠지만, 사실 국제 학교 중등 1학년까지의 학습 수준은 우리나라로 따지자면 체험 학습 수준 정도밖에는 되지 않는다. 그러니 국제 학교에서는 어려운 내용을 공부해 본 적이 없었다. A양의 공부 수준이 그리 높지 않았음에도 불구하고 표시가 안 났을 뿐이다. 한국에 돌아와서는 모든 과목이 전체적으로 최하위를 벗어날 수가 없었다. 그러니 자존감과 자신감이 모두 다 바닥에 떨어지고 당황하게 되었다. 캐나다에서는 잘나가던 아이가 한국에서는 밑바닥을 헤매게 되었으니 A양 본인은 얼마나 당황스러웠을까?

A양에게 가장 시급한 것은 성적을 향상시켜 자존감을 회복하는 것이었다. 그래서 처음에는 공략하기 쉬운 과목과 달성 가능한 성적을 목표로 주기로 했다. 어려운 한두 과목은 아예 공부를 안 해도 되고 시험에서 낮은 점수를 받아도 된다는 극단적인 조언도 해 주었다. 또 중2는 모든 과목이 총체적으로 어려워지는 시기이기 때문에 막연히 열심히 한다고만 해서 성적이 오르지 않는다. 그래서 A양에게 아무리 공부해도 어느 수준이나 시기가 될 때까지는 성적이 오르지 않을 것이니 실망하지 말라고 미리 말해 두었다.

필자는 A양에게 국어의 비문학 공부부터 시작하도록 했다. 그 이유는 논리 체계와 논증 방식을 이해하도록 하기 위해서였다. 논리 체계와 논증 방식에 대해서는 중2가 되기 전까지 학교에서 잠깐씩 언급은 하지만 시험은 거의 치지 않기 때문에 쉽게들 생각한다. 중2가 되면 비교, 대조, 비유, 분류 등의 논리표현 방법에 대해 구체적으로 배우게 되는데 그마저도 한 단원에 몰아서 나오고 말기 때문에 소홀해지기 십상이다. 하지만 이 부분은 사실 굉장히 중요한 부분이다. 그래서 A양에게는 논술문, 설명문을 통해 논리적 사고력을 갖도록 훈련시켰다. 사탐과 과탐을 공부하면 자연스럽게 비문학 공부가 되기도 했다.

영어는 그래도 외국의 국제 학교에서 공부한 경험이 있으니 1등급을 목표로 했다. 사실 그동안 영어 성적이 안 나온 이유는 영어 능력보다 국어 능력이 더 떨어졌기 때문이다. 국어가 안 되면 영어도 안 된다. 어휘가 부족한 것이 큰 원인인데 지문에 나온 어휘부터 익히게 했다.

수학은 기본기가 너무나 없었기 때문에 일단 다른 과목을 통해 자존감을 세운 후에 손을 대기로 했다. 당장은 어려운 문제는 쳐다보지도 말고 점수는 50점도 상관없으니 아는 문제는 실수하지 않고 반드시 다 풀이하는 것을 1차 목표로 제시했다.

사탐과 과탐은 고등학교에서는 공부하기 어려운 과목이지만 중학교에서는 비교적 쉽게 점수를 올릴 수 있는 과목인 데다 비문학 공부까지 동시에 진행할 수 있는 장점이 있다. **A양에게는 우선 교과서의 차례부터 외우게 했다. 차례를 외운 후엔 각 단원별 제목, 도표, 그래프와 본문 내용과의 연관성을 설명해 주었다.** 그 다음에는 본문의 내용을 탐구 영역으로 확장하고 지속적으로 반복해서 설명해 줬다. 학교 수업이 내용 중심이라면 필자는 그 내용과 내용 간의 연결 고리를 설명해 준 것이다. 이렇게 하면 전체적인 내용이 눈에 들어오게 된다. 교재는 교과서를 활용했다. 시중에는 다양한 참고서와 좋은 자료들이 많이 있지만 A양의 경우에는 학교 교과도 따라가기 벅찼기 때문이다.

중학교 사회, 기술가정, 과학, 도덕, 음악, 미술은 굉장히 훌륭한 비문학 교재이다. 또 우리나라 교과서는 쉽게 설명이 잘 되어 있기도 하다.

자존감을 높이기 위해서는 학교 성적을 좋게 받아야 했다. 필자는 A양이 가장 많은 시간을 보내는 곳이 학교인 데다, 학교에서는 교과서와 선생님이 내주시는 유인물에 나오는 지문, 수행 평가를 활용해서 평가를 하기 때문에 교과서와 유인물을 활용하여 공부를 하는 것이 이상적이라 생각했다. 시간을 따로 내서 시중의 다른 교재를 활용하여 이중으로 공부를 할 수가 없는 상황이었다. 그때그때마다 학교에서 읽으라는 책을 읽게 했고 그 책의 내용에 대해 필자에게 말로 설명하게 했다. 제대로 이해하지 못한 부분은 필자가 다시 한 번 설명해 주었고 A양에게 재차 설명해 보도록 했다.

이런 과정을 통해 성적은 조금씩 오르기 시작했고 자기가 공부한 과목의 성적이 오르는 것을 확인하고서야 A양은 마음을 열고 본격적으로 필자의 상담에 호응하였다. '아, 이렇게 했더니 되는구나!'라는 희망을 가졌다. '공부를 한 과목은 공부를 했으니 당연히 성적이 올라갔고, 다른 과목은 공부를 안 했으니까 안 올라갔다'라고 생각 하게 되자 공부에 자신감을 보이게 되었다

A양은 어느 정도 자존심을 충족하고 나서부터 공부 양을 늘릴 수 있었다. 꾸준히 양을 늘려가며 공부를 한 A양은 중3 마지막 시험에 서는 중상위권까지 올라갈 수 있었다.

필자는 A양의 부모님을 설득하여 내신이 강하지 않은 고등학교로 진학을 하도록 했다. 첫 학기에는 성적이 좀 아슬아슬하긴 했지만, 2 학년 때 문과를 선택한 후로는 계속 상위권을 유지하다가 결국 SKY 대학교에 진학할 수 있었다.

아이들의 상황에 따라서 먼저 공략해야 할 과목은 다를 수 있다. 원칙은 아이가 가장 잘하는 과목을 먼저 공략하여 좋은 성적을 얻 도록 하는 것이다. 그러면 다른 과목들도 공부할 수 있는 힘을 얻을 수 있다.

게임에 중독된
아이

B군은 학교 수업 시간에도 게임 생각만 하고 학원도 빠지면서 PC 방에 가는 중학교 1학년 아이였다. 집에서는 부모님이 잠들 때까지 기다렸다가 밤을 새워 게임을 하는, 전형적인 게임 중독 학생이었다.

용돈은 매주 1만원씩 받았다. B군이 좋아하는 게임인 'L***** of Legend'는 다른 게임과는 다르게 업그레이드된 무기 등을 사는 기능은 없고 캐릭터의 의상과 같은 '스킨'을 구입하는 비용만 드는 정도였다. 그렇지만 스킨 하나를 구입하려면 5,000원~30,000원 정도의 비용이 필요했기 때문에 B군은 용돈을 쓰지 않고 아껴서 모아두었다가 마음에 드는 스킨을 구입하곤 했다. 거기에 PC방 이용료까지 필요했기에 용돈은 항상 쪼들리는 상황이었다. 20~30분 정도

걸리는 게임을 하루 2~3시간, 주말에는 심하면 7시간씩 몰아서 하기도 했는데 게임을 하다 보면 시간이 어떻게 흘러가는지도 모를 정도였다.

보다 못한 B군의 부모님은 B군을 정신의학과에 데리고 가서 전문의의 상담을 받게 했다. 또 '스마트 쉼' 센터에서 게임 중독에 대한 전문가 상담도 받게 했지만 그 이후로도 게임에 빠진 생활은 바뀌지 않았다. 부모님은 B군을 재활원에 보낼 생각까지 하고 있었을 정도로 심각한 상황이었다.

필자가 처음 만났을 때 B군은 겉으로 보기엔 멀쩡한 학생이었다. 본인도 공부를 하려는 마음은 있지만 생각처럼 잘 안 되는 이유가 게임 때문이라 생각하고 있었다. 시간만 나면 게임하러 가는 것은 물론이었고, 게임을 여러 차례 끊어보려 했지만 정신 차리고 보면 어느새 PC방에 앉아서 게임에 몰두해 있는 자신을 발견하곤 했단다. 집에 돌아오면 부모님의 얘기가 모두 간섭처럼 느껴져서 대화를 거부하고 항상 짜증만 냈다고도 했다. B군에게는 게임하는 시간이 너무 많을 뿐만 아니라 머릿속이 온통 게임으로 가득 차 있어서 다른 일은 아무것도 할 수 없다는 점이 더 큰 문제였다.

게임은 아무리 복잡하게 보여도 정해진 규칙과 패턴을 반복하면 높은 점수가 나오는 구조로 되어 있다. 또 램프의 요정 지니처럼 내가 원하는 대로 움직이는 환상의 세계이기도 하다. 하지만 현실의 세계는 전혀 그렇지 않다. 내가 원한다고 해서 다 이루어지는 것은 아니라는 것을 알아가는 과정이 성장인데, 게임에 빠져 있는 것은 성장이 멈춰 있는 것이라고도 할 수 있다. 대부분의 게임에서는 일정한 퀘스트를 달성하면 레벨이 올라가고 본인의 행동에 대한 즉각적인 보상이 주어지는데, 현실에서의 삶은 엄청나게 많은 변수들로 구성되어 있어서 퀘스트가 무엇인지조차 알 수가 없다. 그래서 현실의 복잡한 변수를 견딜 수 없는 아이는 게임에 빠질 뿐만 아니라 그 세계에서 빠져나오려 하지 않는다.

게임에서 얻는 쾌감은 현실 세계에서는 누리지 못하는 원만한 인간관계를 대체하기도 한다. 온라인 게임은 불특정한 각양각색의 사람들이 팀을 이루어 다른 팀과 대결하게 되는데, 승리할 경우에 맛보게 되는 쾌감뿐만 아니라 팀원들 간에 오가는 많은 대화(비록 별로 영양가 있는 대화는 아닐지라도), 칭찬과 격려가 게임에 중독되는 하나의 이유가 되기도 한다.

B군은 살도 많이 쪘고 덩치도 또래 아이들보다 훨씬 컸지만 성격은 소심한 아이였다. 그래서 친구들에게 놀림도 많이 받았는데, 맞벌이 부모님은 어릴 때부터 이러한 B군을 챙겨줄 시간이 없었다. B군은 학교에서 돌아오면 컴컴한 집에 혼자 들어와 게임을 하곤 했다. 온라인 게임에서 만난 사람들과는 "으쌰! 으쌰!" 의기투합도 할 수 있었고, 간혹 자신의 공으로 승리하게 되면 많은 칭찬도 들을 수

있었다. **결론적으로 B군이 게임에 빠지게 된 가장 큰 원인은 부모를 비롯한 주변 사람들과의 관계에 문제가 생겼기 때문이었다.**

게임에 빠지게 된 이후에는 당연히 성적이 바닥을 치게 되었는데, 뚱뚱하고 소심한 데다 공부도 못하는 B군과 친하게 지내려는 아이는 아무도 없었다. B군 역시 자신이 문제가 있다는 것은 알고 있었지만 아무리 게임을 하지 않겠다는 결심을 해도 본인도 모르게 항상 게임에 몰두하고 있는 자신을 발견하고 '나는 왜 이러지?' 하는 **죄책감과 자존감 하락**에 허덕이고 있었다. 떨어진 자존감을 찾기 위해 또다시 게임에 빠지는 악순환은 되풀이되고 있었다. 게다가 본인의 의지만으로는 도저히 고칠 수 없는 중증인데도 스스로 고칠 수 있다고 착각하고 있었다.

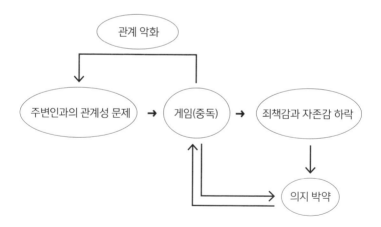

필자가 B군의 부모님에게 가장 먼저 요청한 것은 B군의 용돈을 모두 뺏는 것이었다. 용돈은 물론 체크카드도 회수하도록 했다. 체크카드는 B군이 어디에서 돈을 썼는지 확인이 가능하기 때문에 부모님은 안심하고 있었지만, B군은 체크카드로 친구들에게 과자를 사 주고 그 대신 현금을 받아 그 돈으로 PC방을 다니고 있었다. 일종의 '카드깡'을 한 셈이다.

학원도 다 끊게 했다. 학원에 보내 봤자 가는 길에 PC방으로 빠져 버리기 일쑤였기 때문이다. B군은 학원에 도착해서 출석 체크만 하고 사라지거나 아니면 아예 학원에 들르지도 않고 PC방으로 달려 갔다. 학원에서는 B군이 학원에 오지 않았다고 B군의 엄마에게 문자를 보냈는데, 엄마가 아무리 전화를 해도 B군은 전화를 받지 않았다. 저녁 10시가 넘어 집에 돌아온 B군에게 엄마는 왜 학원을 빠졌느냐고 다그쳤지만, B군은 짜증만 내고 자기 방으로 들어가 나오질 않고 대화를 거부했다.

이런 경향의 아이들일수록 부모의 통제권을 벗어났을 때 자기 마음대로 하는 경우가 많다. 그래서 이런 아이들은 유학을 보내면 거의 대부분 문제를 일으키게 된다. 부모는 문제를 일으키는 아이를 당장은 보지 않으니 마음 편하게 생각할 수 있지만, 내 눈 앞에서 허튼 짓 하는 게 훨씬 낫다는 것을 나중에야 알게 된다. 그것도 아이가 회복 불능 수준으로 망가지고 나서야 알게 되는 경우가 태반이다.

필자가 가장 먼저 진행한 것은 '게임 분석'이었다. 필자는 B군에게 가장 좋아하는 게임에 대한 개요, 스토리, 캐릭터, 전략에 대해 설명해 보게 했다. B군은 공부 수업인 줄 알고 왔다가 자신이 좋아하는 게임에 필자가 관심을 보이자 두 눈을 반짝거리며 열심히 설명을 하였다. 물론 그 설명은 중구난방이어서 필자는 전혀 이해할 수 없었지만 끝까지 B군의 설명을 들어 주었다.

B군의 설명이 끝나고 나서 필자는 미안하지만 B군의 설명을 전혀 이해할 수 없었다고 밝힌 후 'LOL 프로젝트'라는 이름으로 B군에게 그 게임 전체를 일목요연하게 설명될 수 있게 체계적인 정리를 하도록 하였다. 우선 개요를 쓰게 하였고, 스토리의 배경, 캐릭터 분석, 다른 게임과의 차별적인 특징에 대해 분석하도록 했다. B군은 '개요'라는 단어의 뜻조차도 모르는 수준이었지만 필자의 도움을 받아 조금씩 나름대로의 정리를 진행시켜 나갔다. 필자 역시 B군의 프로젝트 내용 정리를 도와주면서 동시에 연역, 귀납, 비교, 대조 등의 논리 전개 방식을 쉬운 언어로 가르쳤다. 배경 스토리와 캐릭터 분석을 하면서는 그와 관련된 역사적 배경, 신화, 철학의 흐름에 대한 이야기를 해 주었다.

게임 분석에 대한 프로젝트가 끝난 후, 필자는 B군에게 마지막으로 이 게임에 대한 문제점을 스스로 도출해 보도록 했다. B군은 '첫째, 현실에서는 만날 수 없고 PC방에서만 접할 수 있는 허구의 스토리이며, 둘째, 현실 세계와는 동떨어진 게임을 하면서 죄책감에 시달리고 폐인이 될 수도 있다는 불안감을 갖게 된다'는 답을 내놓았다. 게임 분석이라는 과정을 수행하면서 B군은 게임 플레이에 대한 집착에서 어느 정도 벗어날 수 있었다. 논리적이고 객관적인 분석을 진행하면서 처음으로 자기 자신을 돌아볼 수 있는 기회를 갖게 되었다. 이것은 마치 사랑하는 사람을 논리적으로 분석하다 보면 정이 떨어지는 것과 같은 이치라 하겠다. B군은 '게임 분석'을 통해 기본적인 논리 체계를 갖춘 후부터 본격적으로 학습을 시작하였다. 학습은 크게 두 가지로 진행하였는데 하나는 교과서를 기본으로 한 교과 학습이었고, 또 하나는 복습 노트를 쓰게 하는 방법이었다.

1. 교과 학습

필자는 우선 교과서마다 차례를 설명해 주었는데, 차례란 교육 과정에 필요한 개념을 순서대로 정리한 것이기도 하거니와 공부해야 하는 범위를 미리 알려 주는 기능도 한다. 자신이 무엇무엇을 공부해야 하는지, 그것들이 어떤 순서로 연결되어 있는지를 미리 알려 주면 학습의 계획을 세울 수 있다. B군에게는 교과 학습을 통해 우선 수업 내용을 이해할 수 있는 수준이 되도록 하는 것이 필요했다.

국어는 앞서 밝힌 바와 같이 게임 분석을 하는 동안 논리 전개 방식을 함께 가르치면서 시작하였다. 국어는 언어 논리를 정립하는 과목으로서, 모든 과목의 지문을 제대로 이해하기 위해서는 국어가 반드시 기본 바탕이 되어야 했다. 필자는 중학교 2학년 국어 교과서에서 관련 내용을 발췌하였고 추가로 수사법과 글의 전개 방식이 잘 설명되어 있는 보조 교재를 활용하였다. 보조 교재의 활용은 사실상 비문학 독해 방식을 적용하기 위해서였는데, 고등 수능 교재 가운데 아주 쉽게 설명되어 있는 교재를 선택했다.

수학은 의외로 중학교 수준에서는 가장 쉽게 점수를 올릴 수 있는 과목이다. 수학은 교과서의 기본 개념만 적용해도 70% 이상 해결이 되는 과목이기 때문이다. 게다가 학생들은 수학을 잘하면 다른 과목도 다 잘하는 것처럼 보이는 착시 현상을 갖고 있기도 하다. B군의 수학 성적은 바닥이었기 때문에 조금만 해도 몇십 점은 금방 올릴 수 있었다. 그래서 매일 30분씩 반드시 수학 문제집의 문제를 풀도록 하였다.

의외로 B군에게는 **영어**를 가르치기가 가장 힘들었다. 영어는 단어를 먼저 외워야 했고 문법도 배워야 했는데 기초가 너무 부족했다. 그래서 중학교 1학년 수준의 단어를 매일 일정 분량만큼 외우게 한 후 테스트를 했고, 가장 기초적인 문법책을 교재로 하여 문장 구조와 품사에 대해 설명해 주었다. 영어를 영어로 익히는 방법이 좋다고는 하지만 B군처럼 기본기가 부실하여 대충 읽고 대충 독해하는 아이에게는 오히려 정확한 문장 구조를 익히게 해야 했다. 그래서 교과서의 본문을 반복해서 읽어 아예 외우게 하고 반드시 정확한 해석을 쓰도록 했다. 그 다음엔 반대로 자신이 한 해석을 보고 영작을 하도록 훈련했다. B군은 영어 본문을 반복해서 읽고 외웠기 때문에 암기에 의존해서라도 영작을 할 수 있었다.

학원은 일반 학원이 아닌 집에서 가장 가까운 곳에 있는 교습소를 다니게 했다. 이렇게 한 이유는 부모가 수시로 들러서 확인하기도 좋고 오가는 길에 PC방으로 빠지는 것도 방지할 수 있기 때문이었다. 수업료가 비싸지도 않은 교습소에 사정을 설명하고 매일 2~3시간씩 그곳에서 혼자 공부하도록 했다. 교습소 원장님께는 따로 수업은 필요 없고, 다만 독서실처럼 활용할 수 있게 해 달라고 부탁했다. 교습소에서는 항상 선생님이 교습소 안에 있었기 때문에 의지가 박약한 B군이었지만 책에 눈을 둘 수밖에 없었다.

2. 복습 노트

복습 노트에는 알아듣든 못 알아듣든 간에 학교에서 들은 것을 그대로 쓰게 했다. 1교시부터 끝날 때까지 모든 수업 시간의 내용을 매일 복습 노트에 쓰도록 했다. B군은 처음에는 당연히 복습 노트를 제대로 쓰지 못했는데, 제대로 못 쓴 부분은 자습서나 교과서를 보고서라도 그날 수업했던 내용들을 찾아서 복습 노트에 쓰게 했다. 또 수업 시간 중에 복습 노트를 쓸 때와 수업이 끝나서 교과서나 참고서를 찾아보고 쓸 때는 다른 색깔의 펜으로 쓰게 했는데, 이렇게 하면 B군이 학교 수업 시간에 얼마나 집중을 했는지 스스로 알게 되는 효과도 있었다. B군은 매일 복습 노트를 사진으로 찍어 필자에게 보냈고 필자는 피드백을 해 주었다.

과목별로 복습 노트를 쓰게 한 방법은 2개월 정도가 지나면서 효과를 보기 시작했는데 학기가 끝날 때쯤엔 수업 내용을 제법 많이 이해하고 쓸 수 있게 되었다. 복습 노트를 활용한 공부 방법은 그 후로도 약 1년간 계속 되었다.

공부뿐만 아니라 생활도 바로잡아야 했다. 부모님께 요청하여 다이어트와 운동을 병행해서 진행토록 하였다. 또 가까운 곳에 짧은 시간이라도 가족과 함께 여행하는 시간을 가지도록 하여 서로 대화하고 가까워질 수 있는 계기를 가질 것을 권유했다. 이를 통해 당당한 자신감을 갖게 하고 부모를 비롯한 주변 사람들과의 관계를 회복하도록 했다.

매일매일 꾸준히 과목별 공부를 진행하였고 복습 노트가 어느 정도 습관이 될 즈음부터 가장 먼저 수학 성적이 눈에 띄게 오르기 시작했다. 향상된 수학 성적은 마중물이 되어 다른 과목의 성적도 연이어 상승하게 되었고, 덩달아 B군의 자존감도 조금씩 회복되기 시작했다. 뚱뚱하고 소심하고 공부도 못하던 B군이 불과 6개월 만에 건장하고 튼튼하며 성적도 쑥쑥 올리는 아이로 탈바꿈하게 되자 주변의 친구들도 B군에게 손을 내밀게 되어 그들과도 좋은 관계를 형성할 수 있었다.

오디세이가 세이렌의 노래 소리를 견디지 못할 것을 알고 미리 몸을 묶었던 것처럼, 의지가 박약한 B군은 언제라도 다시 게임으로 돌아갈 수 있었기 때문에 모든 생활을 노출시킨 채 공부하도록 하였다. B군은 게임을 안 하겠다는 약속을 어긴 것이 몇 번 들통 나서 소동이 벌어지긴 했지만 시간이 갈수록 게임을 하는 횟수는 확실히 줄어들었다.

B군은 자칫 포기하고 싶은 과정을 묵묵히 견디어 내었고, 지금은 게임에 대한 유혹을 충분히 이겨내는 고등학교 2학년생이 되었다. 고등학교에서도 영어와 수학은 1등급을 유지하고 있는데 이런 상황이라면 상위권 대학교에는 충분히 입학할 수 있을 것으로 기대한다.

아이가 '게임 중독'이라고 생각되면 대부분의 부모님은 '게임'이 문제라고 생각한다. 그래서 게임을 못하도록 다양한 방법을 강구하게 되는데 용돈을 끊거나, 학원 수를 늘리거나 '스마트 쉼 센터'와 같은 곳에서 전문가의 상담을 받게 하기도 한다.

그러나 사실 '게임'을 해결하기 위한 노력은 부차적이다. 근본적인 해결은 '중독'이라 할 수 있다. 주변을 둘러보면 어른들도 다양한 형태의 중독에 빠져 살고 있다. 담배, 술은 물론 커피, 여행, 셀카, 화장, 맛집, SNS 등등. 게임 중독을 벗어난다고 해도 또 다른 형태의 중독에 빠지기 쉽다.

사실 게임 그 자체는 그리 나쁜 것이 아니다. 일각에서는 게임을 이용하여 환자를 치료하는 방법이 소개되기도 한다. 문제는 게임에 중독되면 정상적인 생활을 하지 못하게 된다는 것이 가장 큰 문제이다. 게임 중독이었던 B군은 온통 게임에만 집중되어 있는 시간과 정신을 공부 쪽으로 돌려놓는 상담이 진행되어야 했다.

B군은 뚱뚱하고 자신 없는 듯한 외모, 소심한 성격과 맞벌이하는 부모님과의 대화 단절로 인해 그 또래에 정상적으로 가져야 할 인간관계가 제대로 형성되지 않아 자존감이 바닥에 떨어져 있었다. 그것이 게임에 빠지게 된 근본적인 원인이었다. 필자는 B군과의 상담 과

아이가 게임에 중독되었다면, 게임에 빠지게 된 근본적인 원인을 다각도로 살펴보아야 한다.

정에서 게임에 대해 설명하도록 하면서 B군이 게임의 단순한 유저인지, 학습을 감당할 만큼의 인문적인 지식이 있는지를 확인하였다. B군의 게임에 대한 설명은 전혀 논리적이거나 순차적이지 않았고 그야말로 중구난방이었다. 게다가 게임의 룰이나 캐릭터가 왜 그렇게 만들어졌는지에 대해 한 번도 생각해 본 적이 없었다. 그야말로 공부를 위한 기본 자세가 바닥이라고 볼 수밖에 없는 상황이었다.

필자는 B군에게 가장 먼저 게임 분석을 해 볼 것을 주문하며 학습 상담을 시작하였다. 게임 분석을 해 봄으로써 게임이 단순히 사람들의 즐거움만을 위해 만들어진 놀이가 아니며 이면에는 다양한 생각거리가 있음을 알려 주어 인문학으로 관심의 물꼬를 돌리고 싶었다. 또 보고서를 쓰게 하여 생각의 시퀀스를 정리하게 함으로써 요즘 학교에서 중요하게 다루고 있는 보고서 작성을 경험하게 하였다.

이후로는 과목별로 B군에게 맞는 방법을 찾아 공부를 하게 하였는데, B군처럼 논리가 부족한 아이에게는 비문학 학습을 통해 지문이 의미하는 바를 빨리 이해할 수 있도록 하는 훈련이 가장 선행되어야 했다. 추가로 복습 노트를 쓰게 함으로써 최소한 수업 시간만큼은 게임 생각에서 벗어나 수업에 집중할 수 있도록 하였다.

또 그리스로마 문화와 기독교 문화로 대표되는 서양 문화, 이와는 다르게 절대자에 의해 국가를 유지했던 동양 문화에 대해 알기 쉽게 설명해 주고, 인간의 역사는 결국 생존과 안전을 얻기 위한 과정이었음을 알려 주었다. 자연스럽게 매슬로우의 욕구 단계를 설명하고 철학의 논리와 흐름에 대해서도 쉬운 언어로 설명해 주면서, 다양한 인문적 지식을 통해서 생각의 힘을 기르는 '뇌의 근육'을 강화시키고자 노력하였다.

더불어 의지가 박약한 B군에게 학습을 꾸준히 이어갈 수 있도록 동기를 부여하고 환경을 제공하며 본인의 성격, 태도, 능력에 맞는 맞춤형 학습법을 제시하여 성적 면에서 유의미한 결과를 도출해 내는 것도 학습 상담자로서 반드시 해야 할 과제였다.

B군이 정상적으로 학습을 진행하고 일정 수준에 이르기까지 약 2년의 시간이 걸렸다. B군은 학습 상담이 시작된 초기에는 몰래 PC방에 갔다가 부모님에게 들켜 심하게 혼나기도 하고, 공부를 해도 금방 성적이 오르지 않아 좌절하기도 했다. 또 다이어트 식단을 지키느라 급식을 먹지 않아 친구들로부터 눈총을 받기도 했다. 그렇지만 B군은 특유의 선한 성격으로 꾸준하고 묵묵하게 필자의 지시에 따랐고 부모님도 필자와 부지런히 소통하면서 어려운 시간을 잘 견뎌 주었다. 필자의 학습 상담에 잘 화답해 준 B군과 그의 부모님께 감사드린다.

폭력적인
아이

C군은 필자가 가장 힘들게 상담했던 중학교 1학년 아이였다. C군은 폭력적인 성향이 너무나 강해서 부모에게도 함부로 대들었고, 친구들과의 싸움 때문에 학부모 회의에는 단골로 불려 다니는 아이였다. C군의 아버지는 C군을 내다버리고 싶어 할 정도로 미워하고 있었고, C군 역시 그런 아버지를 아버지로 인정하지 않고 있었다. 그 틈바구니에서 심성이 여린 C군의 어머니는 숨도 제대로 못 쉬고 있는 형편이었다.

C군처럼 폭력적인 아이는 그 공격성이 알게 모르게 부모에게 향한다. 또 자기도 모르게 그 화를 증폭시킨다. 성격이 예민한 아이들

중에 일부 이런 아이들이 있는데 어떻게 보면 섬세한 성격을 갖고 있다. 한편, 어떠한 감정을 갖고 있으면 쉽게 잊히지 않기도 하는데 때로는 그러한 감정에 죄책감을 느끼는 경우도 있다.

이런 유형의 아이가 문제가 되는 이유 가운데 하나는 욕심이 많다는 것이다. 원래 성격이 예민하고 감각이 있으니 예술 방면으로 진로를 잡는다면 크게 성공할 수도 있겠다고 생각할 수 있지만, 현실적으로는 욕심이 많아서 그렇게 되지는 못한다. C군의 경우는 어린 시절부터 형에게 집중된 부모의 사랑, 형이 독점하고 있는 컴퓨터에 대한 욕심 때문에 불만이 증폭된 경우라고 파악되었다.

항상 "이 모든 잘못은 엄마 아빠 때문이야"라는 식으로 불만을 토하던 C군은 급기야 부모에게 입에 담지 못할 욕을 하고 돈을 내놓으라고 윽박지르기까지 하였다. 그럼에도 불구하고 부모가 C군에게 강하게 대응하지 못했던 이유는, 만약 그럴 경우에 아이가 자기 몸을 해한다든지 해서 다칠까 봐 걱정했기 때문이다. 하지만 정말 위험한 아이들은 '사소한 일에 목숨 걸고, 열등감에 사로잡힌 아이' 학습 상담에 등장한 A양처럼 혼자 자책하는 아이들이다. C군과 같이 폭력적인 아이들은 자기 몸을 대상으로 사고를 치지는 않는다. 자기의 분노를 자기에게 돌리는 아이들은 자기 몸을 해칠 위험이 있지만, 그 분노를 밖으로 돌려서 남을 공격하는 아이들은 절대로 자기 몸을 해치지 않는다. 오히려 자기 몸을 끔찍하게 아낀다.

필자가 처음 상담을 한 때는 C군이 학교에서 징계를 받아 등교를 하지 않고 있을 때였다. 이 아이는 항상 분노가 치밀어 올라 늘 화가 나 있었고 그렇기 때문에 그동안 C군을 상담했던 선생님들 역시 화가 나서 한 달을 못 넘겼다고 했다.

필자가 부모님에게 처음 요구한 것은 아이에게 동일한 메시지를 지속적으로 주라는 것이었다. 그 메시지란 C군이 스무 살이 되면 부모가 더 이상 책임지지 않겠다는 내용이었다. 집안의 재산이 어느 정도가 있는지 구체적인 수치까지 얘기해 주고 부모의 노후 자금이나 기타의 자금으로 활용하게 되면 C군에게 줄 것은 거의 없다고 얘기하도록 했다.

또 C군에게 조건을 걸도록 했는데, 화를 내지 않고 부모에게 순종하면 밥은 먹여 주고 학교는 보내 주겠다고 하라고 했다. 만약 C군이 이 조건을 어길 경우에는 집안에 있는 C군의 물건을 모두 박스에 넣어 밖으로 내놓고 집의 비밀 번호도 바꾸어 버리라고 했다. 이런 필자의 요청에 부모님은 C군이 화를 참지 못하고 자해를 할까 봐 주저하였지만 위와 같은 필자의 설명을 듣고는 반신반의 하는 마음으로 필자의 요청에 따랐다. 어쩌면 더 이상은 이런 지옥 같은 상황을 견딜 수 없었기 때문이기도 했을 것이다.

부모가 갑자기 강하게 나오자 C군은 평소보다 더 화를 내고 길길이 날뛰었다. 심성이 약한 C군의 어머니는 그럴 때마다 필자에게 알려 왔는데, 필자는 C군의 어머니를 안심시키는 데 진땀을 흘려야 했다. 그리고 계속적으로 강한 모습을 견지하도록 부탁했다. 처음 한 동안은 집안이 쑥대밭이 되었다고 한다. 필자가 제시한 방법을 믿어도 되는지 의심이 들기도 했단다. 그러던 어느 날, 이러한 의심이 필자에 대한 믿음으로 돌변한 사건이 발생했다.

그날도 C군은 돈을 내놓으라는 요구를 온갖 막말에 담아 부모에게 문자 메시지를 보냈는데 부모가 아무 반응을 하지 않자 돌연 가출을 했다고 한다. 그런데 보통의 아이들은 가출을 하면 하룻밤이라도 지나고 돌아올 텐데 C군은 불과 두 시간 만에 집으로 돌아왔다. 그때부터 이 전쟁의 양상은 바뀌기 시작했다. 이후부터 부모는 C군을 점차 냉정하게 다룰 수 있게 되었다. 좋은 아파트에서 편안하고 깨끗한 생활을 하며 자란 아이들은 바깥의 험한 환경을 경험해 보면 바로 백기를 들게 된다. C군과 비슷한 유형의 어떤 아이는 아버지가 아예 고시원을 구해 줘서 나가 살게 했는데 하룻밤이 지나자 곧바로 꼬리를 내리고 집으로 들어왔던 일도 있다. 그 아이는 자신이 생전 경험해 보지 못한 불쾌한 냄새 때문에 겁이 덜컥 났단다.

C군은 우선 생활적인 부분이 먼저 정리가 되어야 공부가 가능했다. C군과의 첫 3개월은 제대로 된 공부를 할 수가 없었다. 처음 1시간은 C군의 하소연을 들어 주었고, 또 1시간은 C군이 화를 내는 원인에 대한 분석을 해 주었다. 나머지 시간은 학교생활이나 부모님과의 관계, C군이 하고 싶어 하는 말을 들어 주고 상담을 해 주었다. 이렇게 보낸 시간은 C군과 필자가 서로에 대한 신뢰를 쌓는 기간이

었다. 앞서 밝힌 바와 같이 C군을 거쳐 간 모든 선생님은 C군에게 화를 내고 떠나갔지만 필자는 주로 C군의 이야기를 들어주었을 뿐 훈계도 하지 않았고 화도 내지 않았다.

C군과는 카페에서 주로 만났다. 사무실이나 학원, 집처럼 딱딱한 곳에서 만나지 않고 카페처럼 분위기 좋은 곳에서 만나 공부라는 느낌이 나지 않게 이야기를 들어주었다. 또 먹고 싶어 하는 음료나 빵도 사 주었다. 그렇게 하니 C군은 필자에게 조금씩 마음을 열었다. 다른 선생님들은 모두 자기에게 화를 내고 공부 책만 들이밀었는데 필자는 자기 이야기를 들어줘서 신뢰가 쌓인다고 했고 그때부터 필자의 말을 듣기 시작했다. C군의 부모님께는 이런 과정이 3개월 정도 걸릴 것이라고 미리 얘기를 해 두었는데, 그 기간 동안 필자와 부모님은 한 팀이 되어 안팎으로 아이를 이끌고 가야 했다.

그렇다고 해서 C군을 만나 대화만 한 것은 아니었다. 대화 중간 중간에 인문학 수업을 했는데 특히 서양 철학에 관한 설명을 많이 해 줬다. 앞서 얘기한 바와 같이 학교 공부는 서양 철학을 바탕으로 한 것인 데다 C군이 어릴 때부터 그리스 역사나 로마 역사에 대한 만화를 즐겨 봤다는 얘기를 들었기 때문이다. 본인이 좀 아는 척할 수 있는 부분을 먼저 얘기해 주면서 중간 중간에 "너는 이런 것도 알고 있었어? 대단하구나!" 추켜세워 주기도 했다. 그렇게 신뢰를 쌓은 후에야 C군은 공부에 대한 필자의 요구를 받아들였다.

C군은 국어와 수학 공부를 먼저 시작했다. 국어는 80점 이상 성적을 받는 것을 목표로 했는데, 국어가 우리나라 말이라서 쉽게 느껴지기도 했지만, C군은 워낙 거짓말을 잘하는 아이라서 역설적으로 국어 문학에 대한 이해도는 뛰어났다. 그래서 비문학 공부에 시간을 많이 투자하도록 하였다. 수학은 바닥권이기는 했지만 기초 단계의 문제를 틀리지 않고 푸는 것을 목표로 했다. 이렇게 꾸준히 공부하여 어느 정도 기본기가 완성된 후에는 내신 수학 학원과 내신 영어 학원에 등록하도록 했다.

지금은 최상위권 학생들이 공부한다는 학원 두 곳만 다니고 나머지는 혼자서 공부한다. C군은 고2가 된 1학기 중간 고사에서 수학과 국어를 만점을 받으면서 문과 1등을 차지했는데, 과거에 그러한 행적이 있었다는 것을 아무도 믿지 않을 만큼 엄청난 성과라 하겠다.

난독증,
학습 부진아

난독증이란 글을 정확하게 읽지 못하며 글씨 쓰는 것을 어렵게 생각하는 학습 장애를 말한다. 어릴 때부터 이러한 난독증이 있는 아이들은 공부에 아무리 시간을 투자해도 실력이 쌓이질 않는다. 또 난독증을 갖고 있으면 글을 제대로 읽지 못하기 때문에 엉터리로 알게 되는 것이 너무 많은데, 엉터리로 알면서도 아는 척하는 것이 문제다. 난독증의 원인은 과거에는 시각적인 문제에 기인한다고 봤으나 최근에는 여러 연구 결과가 축적되면서 '뇌의 기질적 원인에 의한 신경 발달 장애' 때문인 것으로 판명되었다. 쉽게 얘기하자면 유전적인 영향 때문에 태어날 때부터 학습 능력이 떨어지는 학습 부진아라는 연구 결과이다.

당연히 학습 부진아는 학습이 안 된다. 다른 아이들은 학(學, 배우다)은 되고 습(習, 익히다)은 하지 않는 경우지만, 이런 아이들은 '학'도 안 되고 '습'도 안 된다. 또 의사소통 능력이 떨어지기 때문에 고집만 늘어나게 된다. 중학생이 되면 사춘기 시기와 맞물려서 최악의 시기가 될 수 있는데, 아이의 성향에 따라서 친구 관계가 복잡해질 수도 있고 드라마 폐인이 되거나 아이돌 스타를 쫓아다니면서 자신의 열정을 허비하는 경우도 있다. 왜냐하면 공부 쪽으로는 발붙일 곳이 없기 때문이다. 공부와 관련해서 자기 스스로 할 수 있는 것은 아무것도 없다. 학교에서는 잠시만 딴 생각 하면 저 밑으로 쭉 밀려나 버린다.

중학교 1학년까지는 거의 초등학교 학습의 연장이기 때문에 공부가 크게 어렵지 않다. 그래서 모든 아이들이, 공부를 안 하던 아이들조차 새롭게 공부를 해 보려 한다. 하지만 1학년 때 몇 번의 시험을 거치고 나서 2학년이 되면 학습 포기자가 나오기 시작한다. 초등학교 때보다 공부량은 점점 더 많아지는데 아무리 공부를 해도 효과는 나오지 않기 때문이다. 또 몸은 자꾸 커지고 2차 성징도 나타나는 시기라서 주변을 자꾸 의식하게 된다. 이것이 중2병이 발생하는 이유다.

남의 시선을 잘 느끼는 아이들, 폼생폼사하는 아이들, 열등감을 잘 느끼는 아이들, 수업을 들어도 수업 내용이 들리는 것이 아니라 선생님이 입은 옷이 어떤 브랜드의 옷인지 궁금한 아이들이 있다. 이런 것들은 어떻게 보면 '확산적 사고'라고 할 수 있는데 주로 우뇌에 가까운 아이들이 그러하다. 부모들은 아이가 어릴 때엔 혹시 천재가 아닐까 하는 생각까지도 가진다. 너무 똑똑하고 영특하고 알아서 잘하기 때문이다. 하지만 눈치도 빠르고 알아서 잘하던 아이가 초등학교 고학년이 되고 중학생이 되면 언제 그랬냐는 듯이 갑자기 고집이 세지고 성적은 안 나오고 공부도 등한시한다.

부모가 볼 때는 아이가 원래는 공부를 잘했는데 어떤 아이돌 스타를 좋아하면서부터 이렇게 되었다거나 누구누구와 어울리면서부터 이렇게 됐다 하면서 그런 것들을 원인으로 생각한다. 실제로는 아이가 이런 확산적 사고를 갖고 있기 때문에 공부가 너무 어렵게 느껴지고, 해도 안 되겠다고 빨리 눈치를 챈 것이다. 그러고는 자기의 열정을 소화할 수 있는 다른 사건으로 대체하는 것이다. 부모가 보기에는 중학생이 되면서 아이가 변한 것 같지만 그 시초는 초등학교 5~6학년 때쯤부터 공부가 어려워지면서부터 그렇게 되었다고 보는 것이 맞다.

필자가 만난 학습 부진아 D군은 난독증으로 인해 학교생활이 거의 불가능한 지경의 초등학교 6학년생이었다. D군은 학교생활에 너무나 적응을 못했기 때문에 부모님은 D군을 일반 중학교가 아닌 대안 학교로 보낼 생각까지 하고 있었다. 그렇지만 정말 이상적으로

운영되고 있는 대안 학교는 사실 많지 않다. 대안 학교가 좋은 사례를 나타내는 경우도 분명히 있지만 그런 사례가 일반적이지는 않다. D군을 대안 학교에 보냈다가는 더 망가지는 경우가 발생할 수도 있었다.

청생: 과부말이라고 눈긴 눈는에 욱화가 아버가생기니까 어간정죽요

D군의 글씨 – 자신이 쓴 글을 자신이 읽을 수 없을 정도로 악필이다.

D군의 특징은 잘 잊는다는 점이었다. 아무리 수업을 들어도 돌아서면 까먹고 기억이 나지 않는다고 했다. 처음에는 공부하기 싫어서 하는 핑계가 아닐까 했는데 겪어 보니 사실이었다. 학교에 물건을 놓고 오는 경우도 자주 있었다.

D군에게 글을 읽고 난 후 내용을 얘기해 보라고 하면 눈으로만 글을 읽기 때문에 전혀 내용을 파악하지 못했다. D군의 읽기를 녹음해서 들어 보면 로봇이 읽는 것처럼 들렸다. 띄어 읽기도 없고 음의 높낮이도 없고 쉬는 구간도 제멋대로였다.

게다가 D군에게는 무기력증도 있었다. 자기가 해야 할 공부를 계속 미뤘다. 조금만 공부해도 뇌의 피로를 느꼈기 때문이다. 그러니 학습량이 조금밖에 되질 않았다. D군은 난독증에 학습 부진아였기 때문에 특별히 다른 방식의 공부 방법이 필요했다.

우선 교과서나 학교에서 나눠 준 유인물을 녹음해서 본인이 들어 보도록 했다. 자기가 읽은 글인데도 하루만 지나면 녹음을 들어도 무슨 말인지 이해를 못했다. 그럴 때마다 필자는 다시 읽게 했는데 쉼표와 마침표만큼은 철저히 지켜서 읽도록 했다. 예를 들어 '미국 내에는 이러한 이념에 반하는 제도가 엄연히 존재하고 있었으니, 바로 노예 제도였다'를 읽게 하면 처음에는 '미국내에는이러한이념에 반하는제도가엄연히존재하고있었으니바로노예제도였다'로 읽었지만, 쉼표와 띄어 읽기에 주의시켜 읽게 하니 비로소 '이념에 반하는 제도＝노예 제도'라는 말을 이해할 수 있었다. 쉼표에서는 반드시 쉬고 마침표에서는 반드시 마치게 하는 방법만으로도 글의 내용을 파악하는 데 큰 도움이 되었다.

시각 효과를 최대한 많이 쓰고자 했다. D군에게는 15분 이내의 짧은 인강을 많이 보게 했는데 15분을 넘어가면 집중력이 크게 떨어졌기 때문이다. 가능하면 노트북보다는 스마트 TV와 연결하여 큰 화면으로 보게 함으로써 다른 곳으로의 시선 분산을 피하도록 했다.

D군은 잘하는 과목이나 좋아하는 과목이 하나도 없었기 때문에 우선적으로 잘할 수 있는 특정 과목을 지정할 수가 없었다. 그래서 D군에게는 학교 공부 따라가기를 최우선 과제로 정하고 학교에서 나눠 주는 유인물을 확인하여 매번 미리 예습을 시켰다.

D군은 주의가 산만해서 수업 시간에도 선생님의 강의를 제대로

듣지 않는 아이였는데 예습을 시켰더니 조금씩 변화가 일어났다. 수업 시간에 자기가 아는 것이 나오니까 태도가 좋아지게 된 것이다. 그렇다고 해서 D군이 공부를 좋아하게 된 것은 아니지만 3년이 지난 현재는 일반 중학교에서 중위권의 성적을 유지하고 있고, 수학과 영어는 중상위권까지 올라와 있다.

혹자는 상위권도 아닌 중위권을 유지하는 것에 만족하지 못할 수도 있겠지만, 정상적인 학교생활이 불가능하여 대안 학교를 고려했던 아이가 일반 학교에서 중위권의 성적을 유지하는 것은 성공적이라 하겠다.

너무나
평범한 아이

E양은 학습의 문제는 전혀 없었고 학교 공부도 충분히 따라가고 있는 아이였다. 그러나 너무나 평범해서 상위권으로 올라가기 위한 욕심도 없었고 친구들과의 관계도 요란하지 않은, 그저 얌전한 초등 5학년 학생이었다. 부모님은 E양이 당장은 아무 문제 없지만 중학교에 진학해서는 더 공부에 열정을 가져 주길 바랐고, 필자에게 그럴 수 있는 동기를 부여해 줄 것을 부탁했다.

필자는 E양에게 우선 인문학 공부를 하도록 했다. E양은 초등학생이었기 때문에 어려운 지문이 있는 책은 아직 읽을 수준이 되지 못했다. 그래서 무리하지 않고 쉽게 읽을 수 있는 책을 선정해 주어 읽게 하고 주요 내용에 대해 설명해 보도록 했다. 글의 주요 내용을 요약해서 설명하게 했는데, 그 방법은 본문의 〈비문학 독해력을 키우는 방법〉에 자세히 나와 있다. 이런 방법을 통해 E양에게는 그동안 단순히 '읽는다'는 행위에 국한되었던 책 읽기를 '내용을 이해하는 책 읽기' 수준으로 확장시켰다.

또 플라톤과 아리스토텔레스로 대표되는 서양 철학과 공자로 대표되는 동양 철학뿐만 아니라 『정의란 무엇인가』를 쓴 마이클 센델과 같은 20세기 사상가까지 철학의 흐름에 대한 전체적인 이해를 가르치면서 사고의 폭을 넓혀 주었다. 이러한 철학의 흐름이 정치, 경제, 사회, 문화에 어떠한 영향을 미치게 되었는지도 설명해 주었다. 인문학이 중요한 이유는 뇌의 근육을 키울 수 있다는 것이다. 사고(思考)의 힘이 강화되면 교과목을 공부할 때도 이해력을 증진시킬 수 있다.

이 과정이 어느 정도 익숙해지고 나서는 먼저 영어를 집중적으로 공부하도록 했다. 중학교 고학년과 고등학생이 되면 대부분 영어를 따로 공부할 시간이 없기 때문에 미리 영어를 쉽게 이해할 수 있는 기틀을 마련해 주고자 했다. 필자는 E양에게 교과서 위주로 공부하도록 주문하였고 그 결과 중학교 2학년 때 이미 고등학교 영어 수준까지 실력을 올려놓을 수 있었다.

다음으로 국어는 지속적으로 비문학에 대해 공부하게 했는데, 비문학 독해력은 사회, 역사, 과학 등 다른 과목의 내용을 쉽게 이해할 수 있는 바탕이 되었다.

수학과 과학은 중3 과정까지 선행 학습한 후에는 학원의 특목고 대비반을 다니게 했다. E양은 다른 과목에 앞서 인문학을 먼저 공부했기 때문에 사고의 힘을 사용할 줄 알았고, 과학과 수학에 대한 이해도도 무척 빨라질 수 있었다.

이런 과정을 거쳐 E양은 영재가 아닌 평범한 학생이었음에도 불구하고 결국 특목고로 진학할 수 있었다. 특목고에 진학한 후에는 필자의 상담이 더 이상 필요 없게 되었는데 특목고의 어려운 커리큘럼을 수행하고 엄청난 수준의 과제 보고서를 만드는 과정을 다른 친구들보다 쉽게 처리하여 공부 시간을 잘 확보하고 있다고 한다. 좋은 성적은 덤으로 따라오는 것인데, 어떻게 보면 이 책의 내용이 가장 많이 적용된 아이가 E양이라 하겠다.

실기 실력이 부족한
예체능 지망생

필자는 아이가 왜 공부를 해야 하는지를 책 서두에 밝혔다. 공부를 통해 지식을 습득함은 물론, 올바른 사고력을 지니고, 인내심도 배울 수 있게 된다. 이것은 아이가 사회에 나아갔을 때 타인과 소통하고 자신의 몫을 다할 수 있는 '인간다운 삶'을 살 수 있는 기본 요소가 된다고 했다.

그런데, 국어, 영어, 수학과 같은 일반적인 과목을 중점적으로 공부하지 않는 예체능계 학생들은 어떻게 해야 할까? 일부 특별한 아이들은 자신의 분야에 이미 천재적인 재능을 보이고 있다. 이런 아이들은 자신의 재능과 예체능적 감각을 통해 '인간다운 삶'을 살 수 있는 초석을 마련할 수 있을 것이다. 이러한 예체능의 공부는 국·영

·수와 같은 지문 공부보다 더 많은 끈기와 인내를 요구하기도 한다.

　필자는 친한 교수님의 소개로 미술 실기 실력이 부족한 고2 학생과 상담을 진행하였다. 필자의 눈에 비친 그 학생의 모습은 너무나 의기소침한 모습이었다. 뭔가에 쫓기는 것 같기도 했는데 필자와는 눈도 잘 맞추지 못하였다. 강북의 한 고등학교에서 전교 10위권을 유지하고 있다는 아이는, 이전까지는 일반 대학에 진학하려 했으나 최종적으로 본인의 꿈을 좇아 미술대학에 진학하기로 마음을 굳혔다. 하지만 이미 2학기가 시작되면서부터 학교를 나가지 않고 있었고, 얼마 전부터는 미술 학원도 다니기 싫다고 하면서 모든 것에 손을 놓은 것 같아 보였다고 한다. 강남의 유명 컨설팅 업체에 10회의 상담을 예약했지만 몇 번 다니지도 않은 아이는 이마저도 거부하고 있는 상태였다. 이런 아이의 모습에 아이의 부모는 무척 당황해 하고 있었다. 도대체 이 아이에게는 무슨 문제가 생긴 것일까? 필자는 잠깐 얘기를 들어 보니 아이의 고민이 무엇인지 바로 알 수 있었다.

　이 아이는 고2가 될 때까지 학교 내신에만 매달리다가 최근에 와서야 미술 학원을 다니기 시작했는데, 다른 아이들의 실력보다 자신의 실력이 워낙 낮다 보니 거기에 겁을 덜컥 먹었다. 어릴 때부터 실기에 전념한 다른 아이들은 본인보다 수준이 높을 수밖에 없다. 게다가 미술 학원 강사 중에는 실기 100% 전형인 학교 출신들이 많이 있는데, 이런 강사들은 실기를 무척 강조할 수밖에 없다. 높은 눈높이의 실기 실력을 쌓으려니 대입까지 남은 시간도 얼마 없는 고2 아이로서는 막막했다.

이런 아이들에게 어른들은 다른 길을 찾아 성공한 사람의 예를 들며 위로하고자 한다. 그렇지만 다른 사람들의 사례는 별로 도움이 되질 않는다. 아이는 자신의 미래로 나아가야 할 길에 당장의 벽을 만났으니 이 문제에 집중해서 해결점을 찾지 못하면 한 발짝도 앞으로 나아갈 수 없다.

우리나라 미술대학의 입시는, 상위권 미술대학일수록 대체적으로 내신의 비중이 높고 하위권일수록 실기의 비중이 높다. 실제로 2019년 미술대학 입시 요강을 살펴보면 서울대, 홍익대, 이화여대는 실기 없는 전형을 운영하고 있다. 학생부 자소서와 함께 전공 관련 활동을 소개하는 활동 보고서를 요구하는 것이 특징이다. 또 상위권 대학들은 수능 최저를 요구하고 있기 때문에 수능 성적이 뒷받침될 수 있다면 이런 전형을 노려보는 것이 유리하다.

필자는 아이에게 학원 수업을 줄이고 학과 공부를 더 열심히 하라고 조언해 주었다. 위에서 얘기한 것처럼 상위권 미술대학은 내신 비중이 높기 때문에, 실기만 준비해 온 아이들에 비해 상위권의 내신 성적을 유지해 온 이 아이는 오히려 상위권의 미술대학 입시에 더 유리할 것이다.

대학교	전형	모집단위	모집인원	전형방법		
				1단계	2단계	3단계
서울대	일반	디자인학부	6	서류 100	면접/구술 100	
홍익대 (서울)	교과	캠퍼스자율전공(인문/예능)	50	교과 100		
		캠퍼스자율전공(자연/예능)	71			
		예술학	5			
	학종	캠퍼스자율전공(인문/예능)	33	서류 100		
		캠퍼스자율전공(자연/예능)	47			
		예술학	3			
		동양화	16	교과 100	서류 100	서류 40+면접 60
		회화	32			
		판화	16			
		조소	16			
		디자인학부	61			
		금속조형디자인	13			
		도예/유리	13			
		목조형가구학	13			
		섬유미술패션디자인	13			
		미술대학자율전공	55			
	논술	캠퍼스자율전공(인문/예능)	42	교과 40 + 논술 60		
		캠퍼스자율전공(자연/예능)	59			
		예술학	4			
중앙대 (안성)	교과	디자인학부(실내환경/패션디자인)	16	교과 70 + 비교과 30		
	학종	디자인학부(실내환경)	11	서류 100	서류 70+면접 30	
		디자인학부(패션디자인)	13			
이화여대	예체능서류	디자인학부	40	서류 100		

2019년도 미술대학 비실기 전형(수시)

대학교	전형	모집단위	수능최저
서울대	일반	디자인학부(디자인)	국,수,영,탐 중 3개 영역 이상 2등급 이내
홍익대 (서울)	학종/교과/논술	캠퍼스자율전공(인문/예능)	국,수(가/나),영,사탐/과탐 중 3개영역 등급 합 6 이내
		캠퍼스자율전공(자연/예능)	국,수(가),영,과탐 중 3개영역 등급 합 7 이내
		미술계열 (예술학과 제외)	국,수(가/나),영,사탐/과탐 중 3개영역 등급 합 8 이내
중앙대 (안성)	교과	디자인학부(실내환경/패션디자인)	국,수(가/나),영,사탐/과탐 중 2개영역 등급 합 5 이내
	학종	디자인학부(실내환경/패션디자인)	없음
이화여대	예체능서류	디자인학부	국,수(가/나),영,사탐/과탐 중 3개영역 등급 합 8 이내

2019년도 미술대학 비실기 전형(수시) 수능 최저 등급

이 아이와 같은 경우에는 교과 공부에 매진하면서 미술 사조의 탄생이 된 역사적 배경이라든가, 특정 작가의 작품 세계를 관통하는 철학을 연구하여 활동 보고서를 써 보는 것이 미술 학원에서 죽어라 실기 준비를 하는 것보다 더 좋은 방법이다. 그림만 잘 그리는 아이는 많지만, 그 그림에 담긴 여러 이야기를 이해하는 아이는 많지 않기 때문이다.

얼마 전, 이 아이를 소개해 준 교수님을 통해 아이가 다시 학교로 돌아갔다는 소식을 들을 수 있었다. 자신이 해 온 공부에 확신을 가지고 좋은 결과를 만들어 내길 기원한다.

인문학이 뭐길래?

얼마 전에 필자에게 친한 후배가 찾아왔습니다. 동네 호프집에 자리를 잡은 우리는 살아가는 이야기, 아이들 키우는 이야기, 기타 영양가 없는 여러 이야기들을 주고받았는데 어쩌다 이야기가 인문학으로 흘러가게 되었죠. 그 후배는 인문학이 뭔지 잘 모르겠다고 하더군요. 인문학을 알아야 할 것 같긴 한데 감이 안 잡힌다고 토로하던 후배는 결국 많은 사람들이 생각하는 인문학에 대한 대중적인 질문을 필자에게 던졌습니다.

도대체 인문학이 뭡니까?
인문학을 왜 알아야 합니까?
인문학을 어떻게 공부해야 합니까?

맞는 얘기죠. 인문학을 왜 알아야 할까요? 지금껏 인문학에 대해 별다른 고민을 해 본 적 없어도 잘만 살아왔는데 말입니다. 그렇지만 조금만 더 생각해 보죠. 인문학을 알았더라면 학창 시절에 공부도 더 잘했을 테고, 사회에 나와서는 훨씬 더 큰 성공을 이루었을 수도 있었을 테니 삶의 질이 많이 달라졌을지 모릅니다. 필자는 자녀

교육과 인문학, 이 두 가지는 서로 떨어질 수 없는 관계라고 생각합니다. 어떻게 생각하세요?

자, 그럼 쉽게 인문학에 대한 얘기를 풀어 봅시다. 인문학은 어렵지 않아요.

우선 인문학의 정의부터 내려 볼게요. 무엇을 인문학이라고 할까요? 인터넷에서 인문학의 정의를 검색해 보면 인문학에 대한 이미지가 명확하게 떠오르지 않아요. 인문학이란 쉽게 말해 인간에 대한 학문입니다. 인간이 살아가면서 경험하게 되는 철학, 문학, 예술, 역사, 언어를 인문학이라고 할 수 있어요.

우리 사회에도 한때 인문학 열풍이 분 적이 있었습니다. 여러 대기업의 CEO들이 인문학을 바탕으로 기업을 경영하겠다고 선언하면서 인문학 공부가 화두가 되기도 했고 TV에서는 〈어쩌다 어른〉이나 〈차이나는 클라스〉와 같은 인문학 강의가 높은 시청률을 기록하기도 했습니다.

하지만 우리에게 인문학은 아직도 낯설게 느껴지는 것이 사실입니다. 왜냐하면 인문학의 필요성을 제대로 느끼지 못하고 있기 때문입니다. 인문학을 많이 아는 사람을 상식이 풍부하거나 머리가 좋거나 뭘 좀 많이 아는 똑똑한 사람 정도로 여기고 있습니다.

우리가 인문학을 공부해야 하는 이유는 한마디로 '잘살기 위해서'입니다.

잘산다는 것은 경제적인 관점뿐만이 아니라 생각의 폭을 넓히고 올바른 판단과 행동을 실행할 수 있는 근거를 마련하는 것이라 할 수 있죠. 다시 말해, 인문학을 공부하면 사람이 느끼게 되는 가치관, 지식의 연결성, 미래에 대한 예측을 합리적으로 할 수 있게 됩니다. 철학을 통해 생각하는 뇌의 근육을 키울 수 있고, 예술을 통해 더 다양하고 디테일한 감정을 표현하거나 느낄 수 있어요. 언어 공부를 하다 보면 다양한 어휘를 통해 농밀한 감정이나 의미를 표현할 수 있게 됩니다.

필자는 인문학과 관련하여 『노틀담의 꼽추』라는 소설을 좀 자세하게 소개하고 싶습니다. 그동안 우리는 주인공인 에스메랄다와 콰지모도의 애틋한 사랑을 소설의 주요 내용으로 알고 있었습니다. 그러다 최근에 와서야 소설의 진정한 주인공인 노틀담 성당에 대한 이야기가 담긴 완역본이 출간되었습니다. 이것은 우리 사회가 문자 사회를 벗어나 디지털화되는 과정에서 발생한 일이라 하겠습니다. 노틀담 성당과 디지털이 무슨 관계가 있을까요? 빅토르 위고가 『노틀담의 꼽추』라는 소설을 발표한 1831년쯤에 파리의 노틀담 성당은 이미 폐허가 되어 있었어요. 하지만 작품의 배경인 15세기의 노틀담 성당은 정치, 경제, 사회, 문화 등 모든 면에서 중추적 역할을 하고 있었죠. 문맹자들이 대부분인 중세 사회에서 성당은 스테인드글라스나 벽화를 통해 성서를 가르쳤고, 하나님의 대리자로서의 권한을 십분 발휘하여 사회 전 구성원들의 의식구조를 그들이 원하는 대로 이끌고 갈 수 있는 막강한 권력을 가지고 있었어요.

그러다가 인쇄술이 개발되면서 일반인들도 성서를 쉽게 접할 수 있게 되자 성당은 권력을 내려놓고 쇠락의 길로 접어들게 됩니다. 사람들은 더 이상 스테인드글라스나 벽화에 대한 설명을 듣지 않아도 곧바로 성서를 보면서 내용을 알 수 있게 되었어요. 굳이 성당을 통하지 않고도 하나님과 소통할 수 있게 되었습니다. 소설에서 한 신부는 "문자라는 괴물 때문에 이 신성한 성당이 망하게 되었구나!"라고 개탄하는 부분이 나옵니다. 우매한 인간들이 문자라는 권력을 쥐게 되었기 때문에 세상이 망하게 되었다는 의미입니다.

대성당들의 시대가 찾아왔어
이제 세상은 새로운 천년을 맞지
하늘 끝에 닿고 싶은 인간은
유리와 돌 위에 그들의 역사를 쓰지

대성당들의 시대가 무너지네

성문 앞을 메운 이교도들의 무리

그들을 성 안으로 들게 하라

세상의 끝은 이미 예정되어 있지

그건 이천 년이라고

_〈노틀담의 꼽추〉 뮤지컬에서 '대성당들의 시대' 가사 일부 발췌

이렇게 성당에서만 행할 수 있었던 종교라는 권력이 일반 대중에게 이전되면서 노틀담 성당은 폐허로 변해 갔지만 빅토르 위고의 소설을 통해 다시 부활하게 되었어요.

필자는 문자 사회가 디지털 사회로 변화되는 현재의 시점이 그 당시와 같은 맥락이기 때문에 소설의 완역본이 다시 관심을 끌게 된 것이라 생각합니다. 『노틀담의 꼽추』는 앞부분에 나오는 성당의 흥망성쇠가 중요한 것이지 뒷부분에 나오는 집시 여인 에스메랄다와 콰지모도의 사랑이 중요한 내용은 아니거든요.

인문학에 대한 기본적인 소양을 가지고 있으면 학교 공부도 좀 더 쉽게 이해할 수 있습니다. 예를 들어 그리스 시대의 '아름다움'이란 '합당한 작용'을 의미하는 것이었어요. 그렇기 때문에 사람의 신체는 근육이 합당한 작용을 하는 모습을 가장 아름답다고 생각했는데,

이런 생각이 투영된 그 당시의 작품들을 보면 남자는 모두 근육질이고 여자는 아이를 잘 낳을 수 있는 큰 둔부를 가지고 있습니다. 이러한 인문학적 지식을 가지고 있다면 만약 학교 시험에서 '다음 중 그리스 시대의 조각은 무엇인가?'라는 문제에 쉽게 정답을 찾을 수 있을 것입니다.

역사는 '안락한 생존'을 향해 진행되었어요.

필자가 가장 좋아하는 인문학 과목은 역사입니다. 일단, 역사는 사실 관계가 바뀔 일이 거의 없기 때문에 찬찬히 들여다볼 시간적 여유가 있어서 좋아요.

우리가 역사를 배워야 하는 가장 큰 이유는 인간의 성정이 쉽게 바뀌지 않기 때문입니다. 신라 시대 사람이나 대한민국 사람이나 돈 좋아하고 명예 좋아하는 것은 똑같을 것입니다. 그러니 과거의 역사적 사건에서 사람들의 행태를 잘 살펴보면 어떤 사건이 발생했을 때 어떤 결정과 행동이 어떤 결과로 이어지더라는 것을 반면교사로 알 수 있게 됩니다.

필자가 생각하기에 역사의 가장 근본적인 키워드는 '안락한 생존'입니다. 모든 인류의 역사는 안락한 생존을 확보하기 위한 행위였다고 보면 됩니다. 이런 관점에서 역사를 보게 되면 왜 전쟁이 일어나고, 왜 특정한 제도가 도입되고, 왜 해외로 진출하게 되었는지, 왜 르네상스 시대가 필요했는지 등이 이해가 됩니다.

인문학은 어렵지 않습니다. 이미 학교에서는 인문학을 가르치고 있어요. 우리 아이들은 국어와 영어라는 언어, 세계사와 한국사라는 역사를 배우고 있어요. 국어 시간에는 문학을, 수학 시간에는 논리를, 과학 시간에는 자연과학을, 사회 시간에는 사회과학을, 도덕 시간에는 철학을 배우거든요. 부모는 조금만 더 도와주시면 됩니다. 아이와 TV를 보면서 다양한 관점으로 이야기해 보거나 여행을 준비하면서 방문지를 선택하고 그곳의 자료도 함께 찾아보세요. 이런 과정은 인문학의 기초를 다지는 작업이 됩니다. 이렇게 인문학의 기초를 잘 만들게 되면 생각하는 '뇌의 근육'이 발달하게 되고 왜 공부가 필요한지, 자신에게 맞는 공부 스타일은 무엇인지, 힘든 과정을 어떻게 극복해야 하는지 등등, 공부에 대한 다양한 고민을 수월하게 처리할 수 있을 것입니다. 인문학을 통해 하나씩 지식을 알아가는 즐거움은 덤입니다.

〈스카이 캐슬〉이라는 드라마가 큰 인기를 끌고 있어요. 이 드라마는 대한민국 상위 0.1%의 부모가 아이들을 SKY로 대표되는 최고의 대학에 진학시키기 위해 애쓰는 모습을 그린 블랙 코미디입니다. 시청자들은 이 드라마를 보면서 '상류층의 사람들은 엄청난 돈을 쓰면서 입이 떡 벌어질 수준의 입시 코디까지 활용하지만 결국에는 실패하고 만다'는 내용에 은근히 대리 만족을 느끼는 것 같아요.

이 드라마를 관통하는 하나의 키워드는 바로 '마법의 절대반지'입니다. 영화 〈반지의 제왕〉에서는 '골룸'처럼 볼품없는 존재라 하더라도 마법의 절대반지만 가지면 세상을 정복할 수 있는데, 다른 문학 작품에서도 이러한 절대반지는 단골 소재로 등장합니다. 〈스카이 캐슬〉에서는 '범접할 수 없는 수준의 입시 코디'가 바로 마법의 절대반지입니다. 실적 최고의 입시 코디가 제시하는 시스템에 올라타기만 하면 최고의 학교에 자동으로 들어갈 수 있으리라 기대하고 있습니다.

이러한 '마법의 절대반지'는 현실에서도 다양한 모습으로 기능하고 있습니다. 어떤 선생님의 강의만 들으면, 어떤 교재만 공부하면, 어떤 인강만 보면, 어떤 학원만 다니면, 만족할 만한 성적을 올릴 수 있다고 생각합니다. 하지만 그런 마법의 절대반지는 결코 존재하지 않습니다. '한방에', '단숨에', '10일 만에', '이렇게만 하면 누구나' 등의 표현은 마법의 또 다른 표현일 뿐입니다. 마법은 논리와 이해의 대척점에 있다는 것을 생각해야 합니다.

시중의 많은 공부법들이 공통으로 얘기하는 것은 무엇일까요? 바로 공부에 투입하는 절대량의 시간입니다.

- 비문학 지문을 3개월 동안 매일 3개씩 보기
- 매일 수학 문제풀이 6개월 하기
- 귀가 트이려면 매일 3시간 이상 영어에 노출시키기

공통적으로 어느 정도의 공부량을 소화해야 성공할 수 있다는 것을 말하고 있습니다. 그런데 그런 방식의 공부를 3~6개월간 지속할 수 있을까요? 일단 시작하고 나면 일주일을 끌고 가기도 힘듭니다.

따라서 이 모든 어려움을 한방에 해결할 수 있는 마법의 절대반지를 찾게 됩니다.

'내 아이를 1등 시키겠다'는 마음을 먹고 교육 1번지라고 불리는 대치동에 어릴 때부터 데리고 가면, 우선 아이가 처음 접하는 개념들을 어렵지 않게 설명해 줘서 기초를 잘 잡아 주는 선생님의 수업을 듣게 될 것입니다. 다음에는 그 기초를 문제에 어떻게 응용하는지를 가르쳐 주는 선생님을 만나게 될 것이고 마지막으로 최상위의 고난도 문제를 잘 훈련시켜 주는 선생님을 찾아가게 됩니다. 어떤 선생님들은 수능 문제의 경향까지 조목조목 분석해 주기 때문에 인기가 높습니다. 이런 선생님을 만나면 분명히 도움이 됩니다.

하지만 모든 과목에 대해 이런 단계를 밟으려면 부모님은 엄청난 돈을 투자할 수 있어야 합니다. 그리고 아이는 아이대로 그런 시스템을 감당할 수 있는 뛰어난 역량을 갖추고 있어야 해요. 밤늦게까지 여러 개의 학원을 다녀도 끄떡없는 체력과 학교 공부와 학원 공부를 병행할 수 있는 명석한 머리도 갖고 있어야 가능합니다. 돈, 체력, 지력은 물론 강인한 의지까지도 수년간 유지할 수 있어야 합니다. 아주 어릴 때부터 특공대처럼 살아야 할 텐데 그것을 감당할 수 있는 아이가 몇 명이나 될까요?

가끔 그런 엄청난 사교육의 시간을 버텨 내고 SKY나 의과대학에 진학한 몇몇 사례의 아이들을 보면서, 내 아이도 그런 시스템에 올라타기만 하면 성공할 수 있을 거라는 생각이 들기도 합니다. 그렇지만 사실 아무나 그런 시스템을 사용할 수 있는 것은 아닙니다. 최고의 시스템은 원래부터 1등인 아이, 1등의 자질을 갖고 있는 우수한 아이들만 받아 줍니다. 그러니 당연히 좋은 성과를 낼 수밖에 없는 것이죠.

하지만 그런 시스템을 거친 아이들만이 최고의 학교에 진학하는 것도 아닙니다. 오히려 공부를 하면서 자신에게 부족한 부분을 스스로 발견하고 그것을 보완하기 위해 자신의 상황에 맞는 최선의 방법을 만들어 꾸준하게 실력을 닦은 아이들이 최고의 학교에 훨씬 더 많이 진학합니다. 게다가 이런 아이는 사회에 나아가서 어떤 일을 하게 되더라도 자기 역량의 최고치는 분명히 뽑아낼 수 있는 사람으로 성장하게 됩니다.

그 드라마에서 입시 컨설턴트가 했던 한 대사가 기억납니다.
"아이의 성적은 저희에게 맡기시고, 어머니는 아이 건강에만 신경 써 주세요."

어떠세요? 솔깃하지 않나요? 하지만 모든 공부를 사교육에 의존해서는 안 됩니다. 사교육은 아이의 약한 부분에 대해서만 도움을 받는 일종의 영양제처럼 사용해야 합니다. 평소에는 학교 공부를 중심으로 자신의 역량과 환경에 맞게 공부하고, 시간이 부족하거나 도저히 이해가 안 되는 부분에 대해서만 사교육을 받는 것을 원칙으로 삼으시면 됩니다. 사람이 삼시 세끼 일상의 밥상은 거들떠보지도 않고 보약만 먹는다면 오히려 건강은 더 나빠지게 되는 것처럼, 학교 공부는 무시하고 사교육에만 매달리면 아이의 자생력을 해치는 결과로 이어질 것입니다.

이제 우리 아이의 성적을 책임져 줄 마법의 절대반지는 잊으세요. 그런 건 없습니다. 뭐 하나 특별나게 잘하는 것이 없는 것 같은 내 아이의 미래가 조금 불안하긴 하겠지만, 이 책을 보시고 공부에 대해 다시 한 번 생각을 가다듬어 보시길 바랍니다. 부모님이 공부에 대한 생각을 가다듬으면 아이는 분명히 좋은 방향으로 변화합니다.

강남 코디의 중고등학생 공부법

ⓒ 김상섭 · 김지영 2019

1판 1쇄   2019년 1월 28일
1판 2쇄   2019년 3월 26일

지은이   김상섭 김지영
펴낸이   김정순
편집인   고진
디자인   김진영
마케팅   임정진 김보미 전선경
임프린트   북루덴스
펴낸곳   ㈜북하우스 퍼블리셔스
출판등록   1997년 9월 23일 제406-2003-055호

주소   04043 서울시 마포구 양화로 12길 16-9(서교동 북앤빌딩)
전자우편   bookludens@naver.com
홈페이지   www.bookhouse.co.kr
전화번호   02-3144-3123
팩스   02-3144-3121

ISBN   979-11-6405-006-2 03810

＊이 도서의 국립중앙도서관 출판도서목록(CIP)은 서지정보유통지원시스템
  홈페이지(http://seoji.nl.go.kr)와 국가자료공동목록시스템(http://www.nl.go.kr/kolisnet)에서
  이용하실 수 있습니다.(CIP제어번호: CIP2019001257)